W0342547

LE NOUVEL ART DU TEMPS

Directeur de *Psychologies Magazine,* fondateur de *L'Expansion*, Jean-Louis Servan-Schreiber est l'auteur de nombreux ouvrages : *Le Pouvoir d'informer, L'Entreprise à visage humain, A mi-vie, Questionnaire pour demain, L'Art du temps, Le Retour du courage* ou *Le Métier de patron.*

JEAN-LOUIS SERVAN-SCHREIBER

Le Nouvel Art du Temps

Contre le stress

ALBIN MICHEL

© Editions Albin Michel S.A., 2000.

A mes petits-enfants
à l'aube de leur siècle.

INTRODUCTION

LE TEMPS OU LA VIE !

Vous connaissez le pouvoir des mots. Ils nous rapprochent de la connaissance, nous projettent dans l'imaginaire, colorent à volonté la réalité. Ils nous font aussi prendre des vessies pour des lanternes.

D'où l'importance d'appeler un chat un chat. Mais pas toujours. Car les images ou les notions, qu'évoquent les mots trop utilisés, nous empêchent de penser plus loin ou plus large. Faisons ensemble l'expérience d'un petit décalage.

Dans quelques expressions courantes, remplaçons *temps* par le mot *vie.* Ainsi, au lieu de « ça prend du temps » : « ça prend de la vie ». Transposez ainsi à chaque phrase et écoutez ce qui se passe dans votre tête :

- pas le *temps* pour
- je manque de *temps*
- bien utiliser mon *temps*
- perdre mon *temps*
- je vais y consacrer du *temps*
- j'ai besoin de plus de *temps*
- maîtriser mon *temps*...

Est-il besoin d'insister et d'en ajouter davantage ? Mettre *vie* à la place de *temps,* c'est comprendre qu'en pratique, pour un individu, c'est bel et bien la même chose.

Voilà qui confère à la recherche de la maîtrise du temps toute l'importance qu'elle doit revêtir : vitale.

LA RECONQUÊTE DE NOTRE TEMPS

Vie plus longue, heures plus courtes, ainsi se présente le temps du nouveau siècle, pour nous qui allons y vivre et ceux qui vont y naître.

Un bébé fille d'aujourd'hui a une chance sur deux de voir l'année 2100. Et tous les enfants du millénaire travailleront encore moins que leurs parents. Lesquels avaient pourtant vu fondre, au siècle dernier, la durée de leur journée de travail, comme la longueur de leur vie active. Il n'y a que la difficulté à financer des retraites trop précoces qui pourrait enrayer l'accélération du phénomène.

De plus en plus de loisirs et de temps pour soi, donc ? Comment se fait-il, alors, que l'on se plaigne plus que jamais du stress et du manque de temps, bien plus que du manque d'argent, de verdure ou de liberté ? Peut-être parce que, *comme toutes les choses importantes de la vie, bien utiliser son temps n'est pas enseigné à l'école.* Pas plus, d'ailleurs, que réfléchir, aimer, se connaître et se changer, bien se nourrir, élever ses enfants, faire un bon usage de l'argent, écouter les autres, mourir enfin.

Nous sommes tous, en la matière, des autodidactes. Dès l'école, on nous affuble d'une montre et on nous distribue des horaires de cours. Initiation éclair.

Peu après commencent à s'empiler dans notre petit panier (qui ne contient, après tout, que vingt-quatre heures) métro, réunions, boulot, rendez-vous, dodo, coups de téléphone, repas, sports, shopping, ébats amoureux, journaux à lire, biberons à donner, notes à rédiger, courses à faire — et... merde !... c'est encore Noël et je n'ai toujours pas acheté les cadeaux !

Certains craquent, d'autres s'organisent. La plupart ont mal à leur temps et ne savent pas que ça se soigne. C'est à leur intention que j'ai écrit ce livre, fondé sur une expérience intégralement vécue.

On dit que le temps, c'est de l'argent ; c'est surtout de la vie, la nôtre. On ne peut se résigner au stress, un malaise qui mine à la fois notre efficacité et notre plaisir de vivre.

Au XXe siècle, nous avons bouleversé la santé, le bien-être matériel, la vitesse, la communication, l'espace et maintenant notre corps. Notre prochaine conquête est évidente : notre temps. Ce ne sera pas la plus facile, car c'est un combat à mains nues et avec nous-mêmes. Mais il en vaut la peine, car il rend la vie plus sereine et peut déboucher sur la sagesse.

1

PERDRE SON TEMPS

L'ANGOISSANTE MONTRE À QUARTZ

Vous êtes-vous jamais demandé pourquoi la mode des montres digitales, où les chiffres s'affichent directement sur le cadran, ne s'est pas généralisée ? Ce n'est pas seulement parce qu'elles sont laides. Elles sont angoissantes.

Depuis trois cents ans qu'on en portait, les montres n'étaient guère menaçantes. Sur leur cadran, les aiguilles y font tourner le temps, comme un cheval à la longe autour de son dresseur. Dans cette circularité des minutes et des heures, la durée semble se répéter, comme immuable.

Les premières montres à chiffres, lumineux ou pas, sont apparues dans les années soixante. Comme les pendules d'aéroport, elles affichaient heures et minutes en plans fixes. On ne surprend que le changement ponctuel du dernier des quatre chiffres, une fois par minute. Le temps semble encore moins changer que sur un cadran rond.

Mais, sur les montres digitales à quartz, d'une parfaite précision, tout s'est accéléré. Grâce à leurs six chiffres — deux pour les heures, deux pour les minutes, deux pour les secondes —, le temps, sous nos yeux, s'enfuit désormais à toute allure. Chaque seconde pousse la précédente dans le néant, et nous avec. *A notre poignet, désormais, le temps ne tourne plus rond, il s'effrite.*

Le critique Jean-Louis Bory, qui portait cet instrument dernier cri, disait, peu avant son suicide, à un ami : « Tu vois cette montre. C'est ma mort. » Pour lui, l'illusion rassurante d'un temps circulaire s'était évanouie. L'implacable temps linéaire l'avait agrippé par le bras.

Sauf pour mesurer les exploits sportifs, en secondes ou minutes, les montres digitales sont trop métaphysiques pour notre confort moral. Qui a envie de se voir rappeler, à tout instant, que le temps de sa vie s'enfuit, très vite ?

Cette évidence inconfortable est, pourtant, à la base de toute motivation pour tenter de mieux maîtriser son temps.

MAIS C'EST QUOI LE TEMPS ?

Premier paradoxe du temps : il est si crucial, pour nous autres humains, que nous portons tous, au poignet, l'instrument de sa souveraineté. Pourtant, les spécialistes, les philosophes ou les savants, continuent de s'interroger sur sa nature, voire sur son existence. Quand ils en parlent, les premiers s'abritent au préalable derrière la fameuse constatation de saint Augustin : « Qu'est-ce donc que le temps ? Si personne ne me le demande, je le sais, mais si je dois l'expliquer, je ne le sais plus. »

Deux petits ouvrages pénétrants ont récemment revisité cette difficulté à saisir l'essence du temps. Celui d'Alain Adde (*Sur la nature du temps*, P.U.F., 1998), qui conclut qu'il n'est qu'une illusion ; et celui d'André Comte-Sponville (*L'Être-Temps*, P.U.F., 1999), pour qui le temps n'est qu'un éternel présent, une succession de « maintenant ».

Malgré cela, la moquette du salon se dégrade, nos rides apparaissent, le café refroidit et il va falloir que je retourne chez le coiffeur. Or tout ça s'égrène bien en minutes, semaines ou années.

Les scientifiques, eux, s'interrogent sur la

« flèche du temps ». Notion théorique qui voudrait qu'en physique pure le temps puisse être réversible. La marche du temps pourrait-elle s'inverser et l'omelette redevenir une douzaine d'œufs ? Non, admettent-ils, pour l'omelette ça ne marche pas, seulement pour certaines particules de matière quasi imperceptibles.

Mais l'âge de nos artères, lui, est perceptible, et il finit toujours par nous rattraper.

« Ma mission est de tuer le temps et la sienne de me tuer à son tour. On est à l'aise entre assassins », notait Cioran.

Imaginons que soudain l'univers se fige, comme l'image d'un film dans le magnétoscope. *Si plus rien ne bouge ni n'évolue, le temps disparaît.* Le temps ne serait donc qu'une évidence incertaine, avec laquelle il faut vivre et mourir ? Dans cette perspective, je suivrais volontiers les bouddhistes, qui estiment que le temps n'est qu'une illusion, mais que, puisque nous sommes dans un monde où cette illusion domine, il importe que chaque chose soit faite en son temps.

Celui dont il sera question ici n'est ni celui des philosophes ni celui des scientifiques ; fascinants mais sans portée quotidienne. Le temps de ce livre est le « temps perçu », celui qui permet aux humains de se repérer tout au long de leur existence. Et sa perception, justement, puisqu'elle dépend de qui nous sommes, varie d'un individu à l'autre.

Armons-nous donc d'une définition pratique du temps.

LE TEMPS,
C'EST NOTRE TRANSFORMATION

Puisqu'il faut choisir la définition la plus simple possible, retenons que le temps, c'est ce qui mesure une transformation. Celle de l'œuf cru en œuf coque est de quatre minutes, celle du carbone 14 se mesure en milliers d'années. Entre les deux, il y a vous et moi, qui avons tendance à apprécier la durée au rythme de nos propres changements physiques : court terme, long terme ? Mais à long terme, notait l'économiste Keynes, nous sommes tous morts.

Car notre temps se profile toujours sur notre mort, ou celle des autres. La nature n'offrait guère à nos ancêtres primitifs d'autres preuves de l'écoulement du temps. Ils observaient des réalités dont ils ne pouvaient percevoir les lentes évolutions (lacs, montagnes, ciel étoilé) ou qui paraissaient se reproduire à l'identique (jours et nuits, retour des saisons). D'où l'idée, chez les hindous, que le temps soit un éternel recommencement. Leur notion de réincarnation leur permet de transcender leur propre mort et de profiter de la poursuite infinie de la spirale des siècles.

Bien des millénaires avant l'invention des

clepsydres et sabliers, il est probable que le premier instrument de mesure du temps fut... le rhumatisme articulaire, irritant clignotant de nos fatales modifications internes. Le second fut sans doute le miroir (eaux dormantes ou métal poli), témoin muet de nos dégradations. Le passage du temps est et restera toujours une expérience ou un drame personnels : *le plus difficile, dans le fait de vieillir, c'est qu'on reste jeune intérieurement.*

Nous n'aimons pas trop cette idée de transformation, dont nous pressentons l'issue. Le temps n'est évidemment qu'accessoirement un problème de vie pratique.

« Toutes les tragédies que l'on peut imaginer, philosophait Simone Weil, reviennent à une seule et unique : l'écoulement du temps. »

LA RESSOURCE LA PLUS DÉMOCRATIQUE

Elancements dans les reins, coups d'œil résignés dans la glace au petit matin, secondes qui s'échappent de la montre à quartz : même si ce qui nous confronte à la fuite du temps ne nous réjouit pas, il nous pousse à réfléchir. Le temps file, qu'allons-nous en faire ?

Le vocabulaire courant nous met sur de fausses pistes. « Gagner » ou « perdre » du temps n'a aucun sens. *Nous disposons de la totalité du temps disponible, lequel est imperturbable et non modifiable.* La limite de notre pouvoir, c'est de changer notre attitude à son égard pour en faire bon ou mauvais usage. Ce n'est déjà pas si mal.

D'où cette première évidence, capitale : maîtriser le temps, c'est se maîtriser soi-même. Tant pis pour ceux qui, en ouvrant ce livre, espéraient des gadgets ou des recettes miracles.

Si, philosophiquement, on peut mettre en doute le temps ou ne le considérer que comme le témoin de l'entropie, dans une vie faite d'action il est plus judicieux de le traiter comme une ressource. Essentielle, mais douée de caractéristiques très particulières.

Comme toute ressource, le temps disponible

est destiné à être utilisé. C'est, à l'évidence, la plus démocratiquement répartie. Que l'on soit puissant ou misérable, entreprenant ou oisif, génial ou stupide, chacun en a, chaque jour, strictement autant à sa disposition. Toute la différence, considérable, vient de l'usage que l'on en fait.

LA MÊME CHAMBRE
POUR TOUT LE MONDE

Le paradoxe du temps, c'est que rares sont ceux qui estiment en avoir suffisamment, alors que chacun dispose de sa totalité.

A la différence des autres ressources, celle-ci ne peut être achetée ou vendue, empruntée ou volée, stockée ou économisée, fabriquée, multipliée ou modifiée. On ne peut qu'en faire usage. Et, que l'on s'en serve ou non, elle n'en disparaît pas moins. *Elle est, à l'évidence, la plus précieuse de toutes, puisqu'elle est la seule à ne pas être renouvelable.*

Mais ce sont là des concepts. Essayons de les traduire en images concrètes. Le rapport bien connu espace-temps peut nous aider, car l'évocation et l'utilisation de l'espace nous sont souvent plus familières que celles du temps.

Pour qu'une distance nous soit parlante, nous préférons l'exprimer en temps (jours de marche, heures d'avion, années-lumière) plutôt qu'en kilomètres. A l'inverse, essayons de considérer notre temps comme un espace.

Imaginons ainsi que tous, sans exception, nous habitions une pièce de dimensions strictement identiques. Pas question d'en construire une autre ni de repousser les murs de celle-là. Tout ce qui nous différencie, donc, serait la manière dont nous l'aménageons.

Certains, insécures ou désireux de paraître, achèteraient de nombreux meubles et s'apercevraient un jour qu'ils ne peuvent plus guère bouger dans leur chambre encombrée. D'autres, sans en accumuler autant, disposeraient les leurs en désordre et finiraient par s'y sentir à la fois désorientés et coincés. D'autres encore, grâce à des placards, trappes et bibliothèques, parviendraient à faire tenir, dans ce même volume, les éléments qui leur sont nécessaires tout en continuant à pouvoir s'y mouvoir à leur aise. D'autres, enfin, pour « agrandir » leur chambre, se contenteraient d'un lit, une chaise et presque rien d'autre.

Pour l'espace, on comprend que ce sont les tendances et les tempéraments de chacun qui déterminent, à conditions égales, leur mode de vie. Il en est de même pour le temps.

NOTRE STRESS TECHNOLOGIQUE

La plupart des inventions du dernier siècle nous ont permis d'accomplir davantage dans un temps inchangé. Car l'objectif obsessionnel des ingénieurs est de permettre de faire la même chose en moins de temps. La voiture va dix fois plus vite que le cheval, et l'avion sept fois plus que la voiture. Le micro-ondes cuit le poulet cinq fois plus vite que le four classique. Quant à l'ordinateur, il se dépasse lui-même, à chaque saut technologique. Effectivement, le temps pour mener à bien la plupart des tâches s'est considérablement réduit.

Autre option : faire plusieurs choses en même temps. Le plus courant est de pratiquer, simultanément, deux activités, l'une physique et l'autre cérébrale. En revanche, le mélange de deux tâches intellectuelles conduit à la confusion ou à l'inattention. Tout le monde s'informe en faisant sa toilette, travaille tout en se déplaçant, écoute de la musique en tapant son courrier — puisqu'on peut glisser un CD directement dans le lecteur de l'ordinateur — et, le grand classique, téléphone en se limant les ongles ou en allant faire ses courses.

Nous éprouvons ainsi le sentiment d'être

rapides, malins et puissants, puisque nos capacités à accomplir une tâche dans un temps donné sont incomparablement supérieures à celles des générations antérieures.

Mais ce qui amuse et étonne, quand on inaugure son premier téléphone portable, tourne vite à la contrainte. Car ceux qui nous entourent ont accès aux mêmes objets magiques et en font un usage effréné.

Ce qui a été conçu pour nous faciliter la vie devient vite un instrument concurrentiel de plus. Ceux qui ne se servent pas encore personnellement d'un ordinateur, parce qu'ils trouvent ça trop compliqué, connaissent ce sentiment : ils se sentent dépassés par leur époque et par les plus jeunes. Pour eux, la lutte pour l'optimisation du temps tourne à la mise en cause de leur propre capacité d'adaptation.

Même les meilleurs jongleurs de technologies fatiguent quelquefois, accablés par les messages écrits ou vocaux auxquels, à 20 heures, ils n'ont pas encore répondu.

Le temps reste imperturbablement inextensible et les puces électroniques les plus géniales n'y changent rien.

NATURE DU TEMPS MODERNE

Le temps perçu et vécu par les humains change en même temps qu'eux. Examinons ce temps qui est le nôtre, du seul fait que nous vivons ici (dans un pays développé) et maintenant (à l'aube du troisième millénaire).

Par rapport à celui de nos ancêtres, le temps moderne est unique, rythmé et encombré.

- Unique, puisque, au millième de seconde près, toute la planète est synchrone. Les chiffres des heures changent, selon les fuseaux, mais le top horaire est désormais identique sur la terre comme dans l'espace.
- Rythmé, parce que toutes les habitudes sociales nous enserrent dans un réseau dont les mailles sont chiffrées en temps. Nous obéissons aux horaires du travail, des réunions ou des repas, de l'ouverture des services et des magasins, des informations du matin ou du film télévisé du soir, des départs des trains ou des tétées du dernier-né.
- Encombré, car, pour subsister matériellement dans cette société complexe, nous avons dû devenir plus performants que nos prédécesseurs. Cet accroissement considé-

rable de notre productivité implique de faire tenir toujours plus d'activités dans le temps unique dont nous disposons.

Tout cela est fort récent. Si nous avions vécu il y a un siècle et demi, nous aurions eu, statistiquement, les plus grandes chances d'être paysans. Or la vie de ces derniers n'était pas si différente de celle de leurs ancêtres gaulois ou égyptiens. Certes, à leur différence, ils pouvaient savoir l'heure qu'il était. Ils ne possédaient pas tous une montre (objet élaboré et coûteux), mais les cloches de l'église les avertissaient de l'angélus de midi et des prières du soir.

Il s'agissait là d'ailleurs d'un temps très approximatif, car chaque ville, voire chaque village, pratiquait le sien. Une même contrée pouvait ainsi abriter des dizaines de temps différents. Quelquefois même, lorsque la politique s'en mêlait, comme dans certains villages bretons, le clocher marquait une autre heure que la pendule de la mairie.

Le temps de cette vie se rapprochait par son naturel de celui d'un chat : rythmé par le soleil, fait de plages d'activités ininterrompues. Souvent, nous en rêvons avec nostalgie, même si nous imaginons qu'il devait être, selon nos critères d'hyperactifs, souvent ennuyeux.

NAISSANCE DU PREMIER STRESS

Pour les ruraux dont nous sommes tous les descendants, le stress est né du premier rendez-vous avec un travail extérieur. Quand la création des usines et des mines a transformé les fils de paysans en ouvriers, ils ont dû sortir de chez eux, tous les matins, pour se rendre à une heure impérative devant les grilles d'un patron.

Première brisure, fondamentale, dans la continuité du temps naturel, celui des saisons. Ce n'est plus la lumière solaire, mais l'heure d'entrée et de sortie de l'usine qui rythme les journées. Dans les « manufactures », il est même interdit de savoir l'heure, donc de porter une montre. Le patron, seul maître du temps, décide de la durée effective de la journée qu'il impose à ses salariés.

Plus tard, le découpage de la vie par l'horaire ne cesse de s'accélérer. Parce qu'il faut, constamment, produire plus. Au stress horaire s'ajoute celui de la productivité.

Sur les lieux du travail, l'horloge devient le chronomètre. Et comme l'ouvrier ne fabrique plus lui-même ses aliments ou ses vêtements, il doit s'adapter aux horaires d'ouverture de ceux qui les lui vendent. Quand, enfin, beaucoup plus tard, les conquêtes sociales lui permettent d'introduire des loisirs dans sa vie, il lui faut aussi être à l'heure pour le début du spectacle ou de l'émission de télé.

C'est ainsi que, sans l'avoir voulu, l'homme civilisé se retrouve, comme Gulliver chez les Lilliputiens, ficelé par une multitude de liens horaires subtils. Aucun n'est, à lui seul, assez fort pour l'immobiliser, mais, ensemble, ils orientent complètement sa vie et aliènent sa liberté de mouvement.

Aujourd'hui, le stress est devenu l'une des toutes premières causes de mal-vivre. Plus d'un quart des femmes et 15 % des hommes s'en plaignent de façon chronique. *Or la principale cause du stress vient d'un mauvais rapport au temps.* Qui ne serait pas stressé quand le temps manque pour faire ce à quoi on ne peut pas se soustraire : finir un travail pour le lendemain, donner à manger aux enfants, partir très tôt pour l'aéroport alors qu'on n'a dormi que quatre heures, répondre à un coup de fil urgent d'un ami en difficulté au moment où l'on doit impérativement accomplir une tâche ?

La meilleure et la plus urgente des raisons pour essayer d'améliorer l'usage que l'on fait de son temps, c'est de diminuer la sensation de stress. Une raison vitale.

LA MARCHE VERS L'HEURE UNIQUE

C'est à partir de la seconde moitié du XIXe siècle que la synchronisation du temps se généralise, en même temps que le chemin de fer.

Seul sur son île, Robinson n'a nul besoin de montre. Mais, dès qu'une communauté se crée, il lui faut régler les activités communes (repas, rencontres, cultes). Un horaire approximatif par village fait encore l'affaire. Quand on se déplace à la vitesse du cheval, il n'est pas nécessaire de savoir l'heure qu'il est dans les villes voisines. Mais, dès que le rail établit une communication rapide, régionale, nationale, puis, très vite, transnationale, il faut prévoir à quelle heure arrivera et repartira le train, sur des milliers de kilomètres, et donc se mettre d'accord sur un temps unique.

Pendant quelques années encore, la pendule de la gare ne sera pas forcément en accord avec celle du beffroi. Mais on peut déjà parier laquelle, finalement, l'emportera.

De part et d'autre de l'Atlantique, l'Europe et les Etats-Unis se mettent en phase horaire avant le début du XXe siècle. C'est alors que le développement du téléphone et des communications radio, qui mettent les individus en contact simultané, à des milliers de kilomètres de distance, rend nécessaire non seulement la synchronisation, mais l'exactitude. Le temps universel se précise ensuite au millionième de seconde près, grâce au quartz qui permettra de faire de la montre l'objet aujourd'hui le plus produit dans le monde.

D'où cette proposition de Michel Serres : « Désormais, tout le monde a une montre et personne n'a le temps. Echangez l'une contre l'autre : donnez votre montre et prenez votre temps. »

Trop tard. Ou trop tôt. Un jour, le rêve de Serres sera, peut-être, le luxe ultime de notre société d'abondance.

LA RÉVOLUTION DU TEMPS DISPONIBLE

Au cours du siècle qui vient de s'achever, une révolution s'est produite : nous nous sommes créé du temps supplémentaire. Vous en doutez ? Alors comptez.

La durée de la vie a presque doublé, passant de quarante-cinq à plus de quatre-vingts ans. Celle du travail a, sur l'année, diminué de moitié — week-ends, vacances et maintenant les 35 heures. La retraite a été créée, puis prise de plus en plus tôt. Résultat : au cours d'une vie adulte, le nombre d'heures disponibles — ni travail ni sommeil — est passé de 78 000 à 300 000.

Trente-cinq ans de temps disponible ! Mais, déjà, vous vous demandez où ils sont en train de passer. N'oubliez pas qu'un bon tiers ne vous sera offert qu'au moment de votre retraite. Mais même ainsi vous avez souvent l'impression que le compte n'y est pas, que le loisir, c'est pour les autres. Surtout si vous êtes une femme qui travaille et a des enfants à la maison.

C'est le cœur de notre problème actuel. Il s'est passé quelque chose d'imprévu sur le chemin esquissé par les utopistes du XIXe siècle, de Fourier à Marx. Confiants dans le progrès, ils annonçaient une abondance qui libérerait les êtres humains des affreuses servitudes du temps des manufactures et de celles décrites par le rapport Villermé sur le travail des enfants.

En effet, au moment du Front populaire, en 1936, la création des congés payés a offert du temps libre à tous les salariés. Et, depuis, ces vacances légales sont passées de deux semaines à six ou huit selon les métiers.

Ces réductions massives du temps de travail se sont accompagnées d'une prolifération de produits économiseurs de temps : voiture, appareils ménagers, téléphone, aliments conditionnés. Le résultat paraît néanmoins différent de ce que les visionnaires imaginaient. *Nous disposons globalement de plus de temps. Pourquoi, chaque jour, avons-nous le sentiment d'en avoir moins ?*

Peut-être parce que nous ne savons pas en profiter ?

PRENDRE SON TEMPS ?

La vie moderne, technicienne, a exacerbé notre rapport au temps. Face à lui, nous sommes tous pris dans une contradiction douloureuse, partagés entre la nécessité d'en faire plus et notre aspiration profonde à prendre notre temps ; c'est, en tout cas, ce qu'exprimaient les deux tiers des Français dans la dernière année du siècle.

Nous verrons que les deux sont liés, parce que *seuls peuvent profiter du temps ceux qui ont appris à l'utiliser au mieux.* Mais ce n'est pas seulement affaire de tempérament personnel. Il faut aussi des circonstances propices.

Ainsi ne suffit-il pas d'être en vacances pour être coupés de tous les liens qui nous ligotent à une société hyperactive. Il faut de vraies ruptures, organisées.

De tels laboratoires existent déjà sur chaque continent : les villages du Club Méditerranée et tous ceux qui s'en sont inspirés depuis. Ils remplissent trois conditions nécessaires :

1. Il doit s'agir d'une petite communauté sans nécessité de relations avec l'extérieur : pas de

télévisions et des téléphones et des fax plus difficiles d'accès.

2. Tout doit être fourni en abondance — buffets pléthoriques, sports apparemment gratuits, activités à la carte.

3. L'individu doit n'être soumis à aucune contrainte, pas même celle de se lever le matin.

Cependant, tout cela ne dispense pas de porter une montre, car si les repas sont annoncés par une sorte de fanfare, les activités ont des horaires. Seul le vrai farniente (« ne rien faire » en italien) peut nous affranchir quelques jours de la soumission au temps. Qui en est pleinement capable ?

Mais pour pouvoir profiter de cette rupture de rythme une ou deux semaines par an, les porteurs de montres que nous sommes sont contraints, le reste du temps, à une productivité personnelle, rigoureuse, fondée sur l'exactitude.

LE CHOIX DU MOMENT

Plus la technologie progresse, plus on peut mettre du temps en conserve, pour l'utiliser au moment que nous choisissons. L'idée de décaler le temps entre une action et ses conséquences n'est pas tout à fait nouvelle, mais elle prend désormais une ampleur saisissante.

Pour que vous puissiez écouter une sonate composée par Mozart il y a deux siècles, il a d'abord fallu que celui-ci fixe la mélodie sur une partition grâce à un code, la notation musicale. Puis, un jour, un orchestre s'est réuni, il y a peut-être longtemps, pour de ces notes faire de la musique. Son enregistrement vous permet de choisir de l'écouter aujourd'hui, profitant ainsi d'un double décalage dans le temps : depuis sa création par Mozart, et depuis l'interprétation par l'orchestre.

Le code le plus ancien et le plus répandu qui ait permis aux idées et aux mots de ne pas disparaître avec leur auteur, c'est l'écriture. Toute bibliothèque ressemble à la voûte céleste qui, la nuit, imprime simultanément sur notre rétine un point lumineux envoyé par une étoile il y a « seulement » un siècle et celui émis par une galaxie il y a un million d'années. De même, sous les couvertures identiques de la collection La Pléiade, un même rayonnage nous offre un message venu depuis deux mille cinq cents ans de Platon, un autre de Pascal depuis trois siècles, un troisième de Camus depuis quarante ans. Notons que c'est l'écriture et non l'imprimerie qui a permis de décaler la naissance d'une idée de sa réception par nous. Gutenberg n'y a pas ajouté d'effet dans le temps, mais dans l'espace, par sa propagation universelle et bon marché.

Aujourd'hui, ce pouvoir de décalage entre production et usage s'est généralisé grâce à une prolifération de machines. Le congélateur, pour consommer un plat cuisiné une semaine plus tôt. Le magnétoscope, pour regarder le dimanche le film du jeudi. Et toutes les messageries écrites ou parlées, qui attendent sagement notre bon-vouloir de les consulter. *Faute de pouvoir changer la durée, nous pouvons jouer sur l'ordre et le moment.*

C'est ce qu'avait voulu faire un professeur de faculté qui, n'ayant pas le temps de faire son cours, avait demandé à un assistant d'en diffuser l'enregistrement à ses élèves. Deux semaines plus tard, il fait une visite impromptue, à l'heure de son cours, et trouve son magnétophone sur la table, entouré de tous ceux de ses étudiants, tout aussi absents que lui.

Ces nouveaux moyens de décaler le temps nous offrent, si nous savons les utiliser, une liberté inimaginable auparavant pour organiser notre vie à notre rythme.

TIME IS MONEY

S'il est une expression qui irrite la plupart des « humanistes européens », c'est la fameuse formule américaine « Time is money ». Comment peut-on réduire à une simple évaluation monétaire les heures de notre vie ! Si l'on s'en tenait là, ce serait, bien sûr, dérisoire, mais reconnaissons que le taux du salaire horaire de base est une référence permanente des débats sociaux. Quant au taux d'intérêt (le coût de l'argent pour une certaine durée), il est l'objet d'une attention constante, aussi bien des ménages en quête de logement que des plus hautes autorités monétaires. *Que cela nous plaise ou non, le temps a un prix, selon les individus ou selon les services qu'on lui demande.*

Ce n'est pas sans conséquences psychologiques. Imaginons l'une de ces brillantes avocates ou consultantes pour multinationales qui s'aperçoit, à 10 heures, qu'elle a filé son collant. Il faut d'urgence qu'elle en change avant un déjeuner de travail avec un client. Mais les magasins ne sont pas à proximité. Le temps de sortir et d'en acheter un, elle en a pour une petite heure. Or le tarif horaire qu'elle facture à ses clients est de 1 000 francs. Elle se rend compte, avec effroi, que ce collant à 100 francs va lui revenir à 1 100 francs. Elle trouve déraisonnable de le payer ce prix-là, mais va-t-elle rester avec son collant filé ?

Tout instant a un prix, même s'il n'est pas forcément pécuniaire. Une heure de lecture « vaut »-elle autant qu'une heure de jeu avec son fils de huit ans ? Pour lui ou pour vous ? Une heure de travail imprévu se « paye » d'une heure de sommeil en moins. Comme disait Tristan Bernard : « Il y a des gens qui, en cinq minutes, vous font perdre toute une journée. »

Pas étonnant que le temps ait une valeur, dans toutes les acceptions du terme, puisque c'est notre ressource la plus précieuse. L'argent, souvent, peut être lui-même considéré comme du temps différé. Celui de votre compte en banque vient d'un temps de travail dont vous pouvez, autant que vous le voulez, différer les effets de jouissance. Quant à votre retraite, c'est bien vous qui l'avez financée avec les cotisations versées pendant des dizaines d'années de travail.

Le rapport qui s'établit entre l'argent et notre temps est forcément ambigu. D'une part, il donne à nos désirs les moyens de se réaliser, en tirant sur notre capital temps ; d'autre part, il nous facilite son aménagement, puisqu'il peut nous procurer des machines à optimiser le temps qui font de plus en plus partie de notre équipement de première nécessité.

Prendre conscience de cette ambiguïté, c'est confirmer que l'argent n'est qu'un outil neutre, qui peut être bien ou mal employé. C'est le temps qui reste le problème central, car c'est lui qui rythme et mesure notre vie.

LE DÉCALAGE HORAIRE

De quoi parlent les hommes d'affaires dans les salons d'attente des aéroports internationaux ? De décalage horaire. Chacun a son « truc » pour en combattre les effets : insomnies suivies de coups de pompe. L'arme la plus efficace actuellement, c'est la mélatonine, une hormone de synthèse qui vous « recycle » à New York ou à Singapour. Comme elle n'est pas encore autorisée en France, les « jetsetteurs » se la procurent à la première escale américaine.

Les plus jeunes de ces managers ignorent que *la notion même de décalage horaire ne date que d'une cinquantaine d'années.* Pour qu'on doive la prendre en compte, d'une région de la planète à l'autre, il a fallu que les transports aériens, comme le téléphone international, deviennent d'usage courant.

Quand on traversait en cinq jours l'Atlantique sur les paquebots *France* ou *United States,* on retardait ou on avançait d'une heure chaque soir sa montre. A l'arrivée, on était déjà adapté à l'heure locale.

Aujourd'hui, certains ont pu s'embarquer sur la première machine à remonter le temps : le Concorde, désastre financier, mais fabuleux symbole du temps moderne. Envolé à Roissy à 11 heures, il atterrit à Kennedy Airport à 8 heures, permettant à une centaine de privilégiés d'arriver trois heures avant d'être partis. Le fait que ces cent quatre-vingts minutes « gagnées » coûtent à chaque passager l'équivalent de six mois de Smic ne les empêche pas d'éprouver un sentiment de triomphe symbolique et éphémère sur le temps.

Symbolique, assurément, puisqu'ils n'ont pas reculé les aiguilles de la seule horloge vraie, celle de leur biologie. Mais, à défaut d'avoir rajeuni de trois heures, ils s'offrent la plus luxueuse méthode de maîtrise du temps.

Pour maximiser l'effet Concorde, certains dirigeants quittent leur bureau parisien après une heure de travail le lundi matin. Ils arrivent donc à New York au début de la journée américaine qu'ils utilisent pleinement avant de reprendre pour Paris le Boeing régulier de 19 heures, où ils ont réservé trois sièges en classe touriste (même prix que le trajet en supersonique) pour dormir, allongés, six heures. Le mardi matin, ils reprennent leurs activités à Paris, sans fatigue et sans décalage horaire, puisqu'ils l'ont feinté. Mais, attention, en travaillant lundi sur Park Avenue et mardi aux Champs-Elysées, ce n'est pas le temps qu'ils ont aboli, mais la distance, par un usage optimum du temps.

ÉCOLOGIE DU TEMPS

Que chacun courre après son temps semble bel et bien une maladie de la modernité. Combien de fois n'avons-nous pas entendu vanter un passé où tout devait être plus paisible et ralenti ? Combien de reportages sur des peuplades au rythme de vie si enviable parce qu'il s'approche de celui de la nature ? La *Recherche du temps perdu,* premier grand roman du XXe siècle, a exprimé, pour plusieurs générations, la nostalgie d'une autre manière de vivre.

Que cette préoccupation soit devenue générale marque au moins un progrès. Celui de nous obliger à apprécier et à étudier ce qui fait la trame même de notre existence.

Prendre conscience que le temps moderne est profondément différent de celui qu'ont vécu nos ancêtres, c'est comprendre que *le progrès a traité le temps comme il a traité la nature, il en a fait le même usage irréfléchi, comme s'il l'avait cru tout aussi illimité.*

L'eau, l'air, la verdure et le temps ont été, comme toutes les ressources rares, attaqués à belles dents pendant un siècle et demi, avant qu'on ne se rende compte combien ils sont à la fois vitaux et périssables.

Ce sursaut en faveur de la nature, dont les écologistes ont été les initiateurs (la bataille n'est toujours pas gagnée), c'est à chacun de nous de le ressentir vis-à-vis de son propre temps. Avec cette différence essentielle : la nature existe en dehors de nous, mais le temps qui est le nôtre n'existe que pour nous et tant que nous sommes vivants. Nous pouvons nous dire que nous ne sommes pas, ou si peu, responsables de la pollution industrielle. Mais de la qualité de notre temps, personne ne sera, jamais, plus responsable que nous.

2

COURIR APRÈS LE TEMPS

COMMENT LE TEMPS RÉCUPÉRÉ NOUS EST REPRIS

Il y a cinquante ans, moins de 1 % des foyers, en Europe continentale, disposait d'un téléviseur. Aujourd'hui, il y en a au moins un dans chaque foyer et chacun le regarde entre deux et trois heures par jour, soit un dixième du total de nos inextensibles journées.

Or un nouvel écran, chronovore, a commencé son invasion galopante : Internet. Aux Etats-Unis, où près d'un tiers de la population est connecté à la maison, les gens passent, en moyenne, plus d'une heure par jour à surfer. Pour eux, le temps consacré aux médias se répartit ainsi : 30 % pour l'ordinateur, 30 % pour la télévision, 25 % pour la radio et 16 % seulement pour la presse écrite.

Si, en France, nous ne sommes encore que 3 millions à fréquenter plus ou moins régulièrement le Web, ces chiffres vont tripler dans les premières années du siècle. Ce « temps des médias » sera pris sur le reste. Soit *à la place de* sommeil-jeux-lectures-bricolage, soit *en même temps que* repas-réunions de famille-travaux divers, autrement dit, dans tous les cas, *au détri-*

ment de conversation-affectivité-concentration-calme intérieur.

Or, s'il faut travailler pour se nourrir, ou dormir pour se reposer, la fascination pour les écrans ne relève pas, elle, de la nécessité. Expliquez donc cela à quelqu'un qui lui consacre plusieurs soirées par semaine et qui, en même temps, se plaint (c'est courant) de n'avoir plus le temps de lire et de dormir trop peu. Croyez-vous qu'il y renoncera sur-le-champ ? Les paris sont ouverts.

Que l'importance grandissante accordée à l'interactivité est une caractéristique irréversible de la modernité, soit ! Il n'est pas question d'y renoncer, au nom d'une sérénité perdue, pas plus qu'au téléphone ou à la voiture qui nous font, aussi, à la fois gagner et gâcher du temps. *Prenons, toutefois, conscience que ce sont souvent les mêmes instruments qui nous libèrent du temps et qui dévorent le surcroît ainsi créé.*

A nous de choisir lucidement ce que nous sommes prêts à leur sacrifier. Le bricolage ? Peut-être. La concentration et le calme intérieur ? Réfléchissons-y à deux fois.

LA PRODUCTIVITÉ NOUS REND SCHIZOPHRÈNES

Si notre temps personnel est encombré, c'est souvent dû au niveau croissant de nos exigences... ou de nos faiblesses. Mais ne culpabilisons pas trop. Il existe aussi des causes d'origine économique : la productivité, la dispersion et la consommation.

La productivité, c'est à la fois le miracle et la malédiction de notre société avancée. Comme elle permet à de moins en moins de gens d'en fabriquer de plus en plus, elle fait constamment baisser les prix des produits industriels ou agricoles et... elle met au chômage ceux dont on n'a plus besoin. Quant à ceux qui gardent leur emploi, ils ont de plus en plus de travail. C'est ainsi que l'agriculture qui, au milieu du siècle dernier, occupait encore la moitié de la population française, nourrit aujourd'hui deux fois plus de monde, bien qu'elle n'emploie plus que 2 % des actifs.

Deux éléments récents poussent la productivité à des niveaux records : la mondialisation, qui oblige toute entreprise à s'aligner sur les plus performants, où qu'ils soient dans le monde. Et le progrès social, qui réduit le temps de travail et accroît les vacances. Donc la productivité nous libère du temps et fait baisser les prix. Mais, quand nous sommes au travail, ce qui nous arrive encore souvent, elle nous force à être de plus en plus efficaces et, donc, de plus en plus tendus. Il doit en résulter une double attitude vis-à-vis de notre temps. Avec celui de notre métier, pas question d'en prendre à notre aise. Pour cela, les techniques les plus classiques de gestion de temps et les technologies de performance ne seront pas de trop. En revanche, quand nous vivons notre temps personnel, celui qui n'appartient qu'à nous et à ceux que nous aimons, oublions la productivité pour penser bien-être et ressourcement. Un peu schizophrène, cette gymnastique intérieure ? Oui, un peu, mais faisons-en un thème de développement de nos capacités.

MOINS DE TEMPS POUR CHOISIR

Le fonctionnement de nos sociétés fractionne notre temps en dispersant notre vie. Ce morcellement vient s'ajouter aux tensions de la vie professionnelle et s'exprime particulièrement en durée de transports. Non seulement notre lieu de travail s'est dissocié de celui où nous habitons, mais la distance entre les deux a tendance à s'accroître. Les grandes surfaces commerciales sont rarement au pied de notre immeuble, nos enfants ne vont plus en classe au coin de la rue, nos parents vivent au loin, nos médecins spécialistes exercent dans des hôpitaux disséminés et nos lieux de loisirs ne sont proches ni du domicile ni du bureau. Aussi gâchons-nous en déplacements une grande part des heures dont les lois sociales et les appareils ménagers nous ont fait cadeau.

Sans oublier la sacro-sainte *consommation. Nos économistes semblent avoir omis de prendre en compte un détail : consommer prend du temps.* Tandis que les progrès du pouvoir d'achat permettaient à chacun de nous d'accroître régulièrement sa consommation, le temps disponible pour le faire n'a pas suivi la même courbe.

Avant un important investissement personnel

— voiture, chaîne hi-fi, appartement —, chacun pense à en évaluer le coût, le mode de financement : annuités et intérêts. Mais qui établit le budget temps du même objet : choix + entretien + jouissance = ?

La complexité technique croissante et la profusion des objets qui nous sont proposés devraient amener l'*homo economicus* rationnel que nous prétendons être à faire précéder tout achat d'une étude comparative des prix et des performances. L'avez-vous vraiment fait avant d'acheter votre magnétoscope ou votre machine à laver ?

Faute de temps, plus les produits se compliquent et se multiplient, plus la qualité de la décision d'achat s'appauvrit. Nos choix sont préconditionnés par la publicité, avec notre consentement implicite. Une bonne publicité soulage notre culpabilité de consommateurs ignares en nous susurrant les arguments que nous ferons nôtres au moment de l'achat.

Dans l'avenir, si l'on en croit Bill Gates, tout va changer grâce à Internet. Chercher, comparer, puis acheter sans bouger de chez soi, ne serait-ce pas la manière idéale de régler tous ces irritants problèmes d'intendance ? Il existe déjà sur le Web des bancs d'essai de réfrigérateurs où l'on peut entendre le bruit que fait la porte en claquant, ce qui semble être pour certains un des critères de choix. Il ne serait pas surprenant que cet instrument miracle nous mange, à son tour, au moins autant de temps, sinon plus, qu'il ne nous en économise.

ACHETER PLUTÔT QUE RÉFLÉCHIR

Temps de loisir ou d'entretien ? Combien d'heures le propriétaire d'un bateau passe-t-il à le gratter ou à le gréer, par rapport à celles où il vogue à son bord ? Combien de temps celui qui possède une piscine consacre-t-il à la nettoyer, plutôt qu'à y nager ? Combien de journées vous faut-il pour maintenir en état votre maison de campagne, comparé à celles où vous en profitez ? A moins que votre manière de profiter de votre jardin soit de... jardiner ?

Temps de jouissance : *levez-vous, livres achetés mais jamais lus, disques écoutés une seule fois, habits à peine portés, émissions enregistrées sans avoir jamais été écoutées !* Les greniers sont pleins de patins à roulettes, de machines à ramer, de V.T.T. achetés sur un coup de tête ou de cœur, sans qu'on se soit demandé si l'on aura le temps de s'en servir.

Si le coût de nos résidences secondaires était lucidement divisé par le nombre de jours que nous y passons effectivement (sans oublier l'intérêt de l'argent lié à l'immobilisation du capital), nous réaliserions souvent que nous pourrions louer, pour la même durée, une somptueuse villa, et mettre encore de l'argent de côté.

Et ceux qui ont le sentiment de bien profiter de leur maison, ne leur est-il jamais arrivé de rêver des voyages que le temps passé dans cette dernière, pour la « rentabiliser », les empêche de faire ?

Considérée sous l'angle de l'utilisation du temps, la consommation est la grande névrose du siècle. Du moins si l'on retient la définition la moins « psy » de la névrose : ce qui pousse quelqu'un d'intelligent à faire quelque chose de bête.

L'intelligence de Henry Ford (horloger d'origine) a consisté à payer suffisamment ses ouvriers pour qu'ils puissent acheter les voitures qu'ils fabriquaient. N'avons-nous pas intériorisé son principe à nos dépens, quand nous utilisons ce que nous gagnons à acheter les objets et services que nous fabriquons sans être sûrs qu'ils contribueront effectivement à notre mieux-vivre ?

BOULIMIQUES DES PLAISIRS

Non seulement notre boulimie de consommation mange-t-elle notre temps, mais elle se mange elle-même. Notre art de consommer reste fort primitif. *Nous réfléchissons bien plus à l'emploi de notre argent, renouvelable, qu'à celui de notre temps, irremplaçable.*

Nous utilisons des chaînes stéréo sophistiquées et coûteuses pour diffuser un fond sonore que nous n'écoutons que distraitement. Nous pourrions écouter un opéra, chez nous, au calme et sans rien faire d'autre, dans les conditions d'un vrai concert. Combien de fois l'avons-nous fait ?

Comme nous n'avons le temps ni de faire tranquillement notre marché, ni de mijoter des recettes délicieuses, nous commandons, au dernier moment, des pizzas ou des plats chinois chers et pas du tout diététiques. Gain de temps, mais perte de plaisir de vivre.

Nous partons au bout du monde après avoir longuement recherché le charter le moins coûteux, plutôt que de nous imprégner, au cours des semaines précédentes, de la culture et de l'histoire des pays où nous allons débarquer. Une fois sur place, nous regardons visages et paysages...

à travers l'objectif de notre Nikon. Et il reste peu de temps pour savourer l'exotisme et encore moins, au retour, pour contempler les photos dont la prise de vue nous a mobilisés pendant tout le voyage.

Nous retrouvons nos amis au cours de réceptions ou de dîners bruyants et nombreux où, de ce fait, la conversation s'établit autour du plus petit commun dénominateur. Mais nous prenons rarement le temps de les rencontrer un à un, deux à deux. On peut ainsi avoir l'impression de les voir souvent, sans vraiment savoir qui ils sont, ni où ils en sont de leur vie et de leurs réflexions.

Il est bien vu de critiquer la « société de consommation ». Mais est-ce au nom de l'éthique, ou parce qu'elle ne nous apporte pas toutes les satisfactions escomptées ? En fait, la cause principale de notre déception tient à notre boulimie. Elle nous conduit à télescoper ou à empiler nos supposées sources de plaisir.

UNE HEURE PAR JOUR POUR NOS DÉSIRS

Nous consacrons des miettes de temps à une multitude de plaisirs, au lieu de profiter principalement des rares qui nous conviennent vraiment. C'est que, malgré tout notre temps « disponible », rares sont les heures qui nous appartiennent entièrement.

Faisons les comptes. Les besoins vitaux, biologiques, prennent environ 40 % de nos journées : dormir (7 heures), manger (2 heures), nous habiller, entretenir notre corps (1 heure) — soit 10 heures en tout. Pour pouvoir subvenir à nos besoins (et pour payer notre logement, nos soins médicaux, notre chauffage et ce qui nous rend la vie agréable), il nous faut bien travailler (7 heures + 1 heure de transport — soit 8 heures). Le temps des nécessités, ou temps-contraint, est donc aujourd'hui de 18 heures par jour (19 à 20, si l'on ajoute un minimum de courses et de travaux ménagers). Restent donc 4 heures pour les plaisirs ordinaires (vie familiale, distractions, acquisition de connaissances, sports, etc.). Mais, attention, nous allions oublier les quelque trois heures passées devant le petit écran. Notre vrai temps disponible ne dépasserait donc pas une heure par jour ?

Certes, ce n'est pas énorme. Mais souvenons-nous d'où nous venons. Les ouvriers du début de l'ère industrielle travaillaient 12 heures et dormaient au moins une heure de plus que nous, pour récupérer. Leur temps-contraint occupait pratiquement la totalité des 24 heures disponibles. Rien pour les désirs, sinon une fête collective trois ou quatre fois par an. Ce qui tombait bien, puisqu'ils n'avaient pas un sou pour le superflu. Par rapport à eux, nous avons du temps libre, et nos revenus nous permettent de financer un peu plus que nos besoins primaires.

L'ennui, c'est que si l'on peut satisfaire des besoins mesurables — on ne fait que trois repas par jour —, le champ des désirs n'a pas de limites. D'autant que le fonctionnement même de notre société tend, par la publicité et l'information, à exacerber nos désirs en nous inventant constamment de nouveaux.

Plus raffinés, plus imaginatifs, plus prospères, comment ne serions-nous pas devenus plus exigeants ? *Mais nos envies s'accroissent toujours plus vite que le temps dont nous disposons pour les satisfaire.* Ne cherchons pas ailleurs les raisons de fond de notre sentiment de manque de temps.

DES VIES AUX TEMPS MULTIPLES

L'âge classique imposait à ses dramaturges la règle des trois unités : lieu, action, temps. Les vies que l'on pouvait mener à l'époque ne s'en éloignaient guère pour l'immense majorité de la population. Celle qui ne quittait pas son village se définissait par son métier et son « état », et passait sa courte existence à élever une seule famille.

Plus près de nous, jusqu'au milieu du siècle dernier, l'individu vivait dans des cases bien rangées : un seul couple, un seul employeur, le plus souvent un seul logement. Dans ces trois domaines, l'idée même de mobilité n'était pas bien vue. La vie s'écoulait dans ces moules bien définis, sans surprises. Et ceux qui ne rentraient pas dans ces schémas passaient pour des aventuriers, peut-être secrètement enviés, mais mal considérés.

Le grand morcellement de notre temps ne s'est propagé que depuis la Seconde Guerre mondiale. Désormais, pour la plupart d'entre nous, les déménagements — changements de quartier, de ville, voire de pays — découpent le temps de notre vie en tranches géographiques. Les changements d'employeurs, ou même de métier, en tranches professionnelles. Les amours successives, en tranches affectives, et les enfants de plusieurs lits, en tranches familiales. Comme la combinaison des quatre n'est pas forcément synchrone, ceux qui, quelquefois, ont la mémoire qui flanche bénéficient de quelques excuses.

A une vie courte aux temps peu nombreux s'est substituée une vie longue aux temps multiples et mêlés.

Poussés dans leurs retranchements, certains bouddhistes admettent que leur théorie des vies successives n'implique pas forcément la réincarnation. Ils remarquent que chacun de nous traverse plusieurs vies, peut-être même d'une journée à l'autre. Quand nous pensons à ce que nous étions il y a dix ou vingt ans, n'avons-nous pas, effectivement, l'impression qu'il s'agit d'une autre personne, par rapport à ce que nous sommes devenus depuis ?

La question est de philosophie pratique. Si tous les éléments de notre existence changent l'un après l'autre, que reste-t-il de constant en nous ? Une trame de souvenirs qui s'estompent avec le temps ?

RENCONTRES AVEC LES PHAGOCYTES

Les interférences, inévitables et constantes, avec le temps des autres fractionnent notre temps, au point de l'atomiser en tranches d'à peine quelques minutes. Parce que ceux avec qui nous sommes en relation sont de plus en plus nombreux. Grâce aux moyens de communication, ils ont plus facilement accès à nous et la pression pour leur répondre se fait plus forte.

Dans un étang calme, jetez un caillou. D'impeccables rides concentriques s'élargiront paresseusement jusqu'à ce que le calme revienne sur l'eau. Mais qu'éclate un orage de grêle qui crible la surface, et des milliers de ronds s'entrecouperont l'un l'autre, créant une myriade de vaguelettes désordonnées. L'eau devient trouble. C'est ainsi que le temps des autres vient brouiller le nôtre.

Le temps rural, encore proche, c'était l'étang calme : peu de rencontres, peu d'interactions. Les villes restaient de taille modeste, comme les unités de travail qu'elles abritaient.

Aujourd'hui, même s'il nous arrive de nous sentir seuls dans la foule, celle-ci nous enserre. Dans les mégalopoles où nous vivons, les entreprises où nous travaillons, nous croisons chaque jour nos semblables par centaines.

On estime que chacun de nous connaît en moyenne un millier de personnes, sinon plus. Même si une centaine d'entre eux seulement ont accès à nous régulièrement (famille, collègues, amis, fournisseurs, clients, copropriétaires, relations, etc.), ce sont autant d'occasions d'interruptions, incontrôlables et successives. *Chaque personne qui entre en communication avec nous est, consciemment ou non, prédatrice de notre précieux et irremplaçable temps. Comme nous le sommes du sien.*

L'ambiguïté de cette prise de conscience vient de ce que peu d'entre nous ont vocation à vivre en solitaires. Mêler notre temps à celui des autres, n'est-ce pas précisément ce qui nous apporte de la vie ? N'est-ce pas ce qui nous manque, dès que le courant relationnel se tarit ?

Mais comme dans presque tout domaine, l'abus d'un plaisir le change en ennui, puis en cauchemar. Qui de nous ne pressent qu'au-delà d'un certain nombre d'enfants, de collègues de travail et d'amis, le problème de notre temps ne se pose même plus, puisqu'il est intégralement phagocyté par eux ?

DANS MA POCHE, LE ROI DES CASSE-TEMPS

Au temps de la lettre écrite à la main et portée à pied ou à cheval, combien de messages envoyait-on et recevait-on chaque jour ? Combien de visites en fiacre, de voyages en bateau pouvait-on accomplir ? Des amants célèbres, comme Léon Gambetta et Léonie Léon (oui, ça fait un nombre étonnant de Léons !), échangeaient jusqu'à deux lettres par jour. Romantique, mais absorbant.

Soudain, il y a un peu plus de cent ans, le téléphone est arrivé. Aux premiers temps de l'instrument, des personnes de bon sens s'en offusquaient. « On vous sonne et vous répondez ? » jetait dédaigneusement l'acteur Lucien Guitry, père de Sacha.

Pendant les cinquante premières années, ce fut un privilège de l'avoir. On disait, dans certains pays, que la moitié de la population attendait qu'on lui installe le téléphone et l'autre moitié attendait la tonalité. Ceux qui l'avaient gagnaient un temps fou et se sentaient reliés à la planète entière. Il aura fallu attendre le dernier quart du XXe siècle pour que chaque foyer français ait le sien. Puis, tout est allé très vite.

La plupart de ceux qui avaient des adolescents à la maison se sont fait installer une seconde ligne. Dans certaines villes du monde, comme Washington, il y a plus de postes que d'habitants.

En même temps, des technologies diaboliques se sont perfectionnées. Répondeurs qui nous garantissent qu'aucun appel ne nous ratera. Renvois automatiques qui permettent aux importuns de nous poursuivre chez nos amis ou dans un autre bureau. Doubles appels qui nous procurent le délice d'être interrompus au milieu d'une conversation par un intrus qui se croit innocent. Jusqu'à la généralisation, dans les dernières années du dernier siècle, du Terminator de la communication : le portable.

Grâce à ce roi des casse-temps, n'importe qui peut faire irruption au milieu de votre négociation cruciale, de votre repas de famille, de votre réflexion créatrice, de votre sommeil, de votre douche, de vos moments de tendresse. Enfin, si vous le voulez, puisque, heureusement, les parades technologiques du répondeur intégré se sont immédiatement développées. *Désormais, beaucoup ont appris à utiliser ces appareils dernier cri... pour se rendre à peu près accessibles.*

Dans la lutte grandissante pour préserver son temps, le téléphone portable est devenu, pour chacun de nous, ce qu'est la Kalachnikov pour un terroriste bon teint : l'indispensable arme personnelle, d'attaque ou de défense.

SEPT MINUTES TRANQUILLES

Tout conspire à transformer notre temps en steak haché : la multiplication de nos tâches, le nombre sans cesse accru de nos interlocuteurs et l'invention permanente de nouveaux moyens de communication qui activent les contacts.

Pas étonnant que tant de gens déclarent : « Quand je dois me concentrer sur un travail, je reste chez moi. » Encore faut-il que les habitudes de leur entreprise ou service le permettent. Et si ce sont des mères, ça ne tient que pendant les heures de cours à l'école. Car, une fois les enfants rentrés à la maison, il n'est plus question de penser.

Ces chéris ont vite compris comment, désormais, faire irruption à distance dans la vie de leurs parents. Depuis que papa ou maman ont un portable, dès le retour de la classe, les appels se succèdent, pour tout et n'importe quoi : « Tu vas bien, maman ? Et papa aussi ? Tu rentres à quelle heure ce soir ? Qu'est-ce qu'on mange ? » Maman rouspète, dit qu'elle est occupée, mais ça ne lui fait gagner qu'une demi-heure de tranquillité. Bientôt, ça recommence. Et, bien entendu, dès qu'ils ont sept ans, ils se mettent à réclamer un portable pour eux. Combien d'années les parents résisteront-ils ?

En attendant, au bureau, le moindre responsable est, selon toutes les études, interrompu en moyenne toutes les sept minutes par un coup de fil, une visite inopinée ou l'interpellation d'un collègue : « Tu déjeunes où, à midi ? » On imagine les pertes d'efficacité, le stress et surtout la mauvaise qualité de la réflexion qui en résultent. *L'interruption est la règle, quelle que soit la situation dans laquelle nous nous trouvons.* Au point que l'on peut, à l'inverse, admirer notre capacité d'adaptation à ce nervosisme. Car les choses se font quand même. Plus ou moins bien.

Mais une question troublante se pose : Et si, sous prétexte que nous sommes débordés, ça nous arrangeait de ne pas vouloir réfléchir ? Et si nous avions façonné cette société vibrionnaire parce qu'elle correspondait à une tendance humaine profonde : un hyperdivertissement pascalien qui nous empêcherait de percevoir la fuite du temps ?

ATTENDRE EST INTOLÉRABLE

Le temps nous angoisse. Alors, nous nous grisons de lui pour l'oublier, nous accélérons, croyant le laisser sur place. Même si cette déraison est inconsciente, elle produit chez l'individu contemporain des syndromes inquiétants : la phobie de l'attente et la déconcentration.

Dès 1907, Henri Bergson notait : « Si je veux me procurer un verre d'eau sucrée, j'ai beau faire, je dois attendre que le sucre fonde. » Il serait sûrement soulagé de constater que, grâce aux progrès de la technologie sucrière, le morceau, de nos jours, fond quatre fois plus vite. Mais pas encore en une seconde. De son côté, Herman Kahn, futurologue américain, me racontait qu'enfant, lorsqu'il avait demandé une bicyclette, ses parents lui avaient répondu : « C'est cher, peut-être l'année prochaine... » Il remarquait qu'aujourd'hui, pour son propre petit-fils, « l'année prochaine » revenait à dire jamais.

Le mode de communication le plus pointu est devenu le spot publicitaire télévisé, puisqu'il y faut tout dire en trente secondes. Extrêmement élaborés, souvent spectaculaires, certains coûtent à produire plusieurs millions de francs.

Un temps de réponse de cinq secondes sur un ordinateur est vécu comme interminable. On change la machine pour en prendre une autre plus performante. On a aussi mesuré au bout de combien de temps d'attente un professeur qui vient d'interroger un élève a l'impression que celui-ci ne va pas répondre. Réponse : 0,9 seconde.

A l'arrivée d'un Concorde à New York, une panne d'électricité a coincé durant quelques instants la porte de sortie. Au bout de sept minutes, les passagers calculent ce qu'ils vont demander comme indemnités à Air France. Au bout d'un quart d'heure, ils sont au bord de l'émeute.

Notre impatience chronique a, par ailleurs, les plus fâcheuses conséquences sur nos capacités de concentration. *Seul le temps du faire, de l'agir, est pris en compte dans notre pratique quotidienne, celui de la réflexion — avant et après — s'est volatilisé.* La plupart de nos décisions se prennent sur le tas, par intuition, et nous trouvons ça normal. Des entreprises payent, cher, des consultants pour qu'ils se penchent sur des problèmes, que leurs propres dirigeants possèdent souvent mieux que ces intervenants extérieurs, mais auxquels ils n'ont jamais le temps de réfléchir posément.

Sprinters de l'action, nous n'avons plus de souffle pour la course de fond de la réflexion.

COMMENT PRENDRE DE MAUVAISES DÉCISIONS

Presque à notre insu, les connaissances disponibles ont littéralement explosé, alors que nos 24 heures par jour restaient immuables. On ne mesure pas assez les conséquences de ce séisme.

Pendant l'enfance de ceux qui ont vécu la seconde moitié du XXe siècle, le modèle de l'homme cultivé existait encore. Une bibliothèque classique pouvait être à peu près parcourue au cours d'études un peu poussées. Nos références culturelles et artistiques pouvaient être partagées avec ceux de notre tranche d'âge. Et, pour le plus vaste public, l'existence d'une seule chaîne de télévision, puis seulement de deux et trois, faisait que tout le monde était à peu près au courant des mêmes informations et pouvait commenter les mêmes divertissements.

Tout ceci s'est atomisé. On publie trois fois plus de livres et de magazines. Le nombre de chaînes disponibles est tel qu'une soirée suffit à peine pour les zapper toutes. Et, désormais, dans le monde, il se crée plus de mille sites Internet par jour. Les médias électroniques ont bien créé le « village global » annoncé par McLuhan, mais notre capacité à absorber les images, les informations et les idées ne s'est pas modifiée. Donc, sauf dans notre étroit domaine de compétence, nous en savons bien moins, sur à peu près tout. Notre propre culture est devenue lacunaire et les trous s'accroissent bien plus vite que les îlots fermes.

La seule chose qui ne puisse pas s'accroître, dans le monde moderne, c'est la longueur de nos journées. Nous avons plus de jours à vivre, puisque notre vie s'allonge. Mais leur durée reste immuable. Les conséquences en sont palpables.

En affaires comme en politique, ceux qui doivent décider le font rarement d'après des éléments de première main recueillis et mûris par eux-mêmes. Ils se résignent à s'en remettre à des conclusions ou à des résumés d'experts (études de marché, rapports de commissions) qui, souvent, ne partagent pas les mêmes valeurs ou les mêmes critères de choix qu'eux. C'est ainsi que des choix de portée nationale ou aux lourdes conséquences financières se prennent à partir d'éléments sommaires. D'où de fréquents retours en arrière, y compris au sommet de l'Etat.

Notre approche stressée du temps nous conduit à ne rien faire à fond, pour pouvoir en faire davantage. Impatients, donc superficiels, nous évitons de nous poser des questions profondes. Et lorsque, malgré tout, les interrogations, légitimes, sur nos raisons agir ou de vivre font irruption dans notre tête, nous appelons ça une crise existentielle.

L'obsession du combien et du comment nous tient confortablement à distance du pourquoi.

LA MATIÈRE PREMIÈRE DE L'AMOUR

Rien n'est épargné par le découpage horaire et surtout pas l'amour. Aimer ne s'affirme pas, ça se prouve en donnant du temps. Les mères qui travaillent comptent, pour se rassurer ou se culpabiliser, les heures qu'elles consacrent à leurs enfants. Les amitiés ne durent pas si on ne fait pas preuve d'un minimum de disponibilité. Quant à l'amour romantique, c'est une plante qu'il faut arroser d'heures et de jours d'intimité.

Hélas, là aussi, le romantisme s'est étiolé devant la boulimie de tout le reste. Faire sa cour implique des circonlocutions et une patience démodées. Entretenir une liaison requiert un investissement en temps dont la productivité n'est plus avérée.

On en vient à penser qu'en amour c'est tout de suite ou pas du tout.

Aujourd'hui, dans une relation amoureuse, on passe plus de temps au téléphone qu'au lit.

Ceux qui regrettent que les femmes soient devenues faciles leur font bêtement injure. Elles ont seulement fait preuve, une fois encore, de leurs facultés d'adaptation.

En même temps, au sein des couples, la fidélité conjugale serait plutôt en progression pour des raisons qui tiennent plus au rythme de vie qu'à la morale... quand ce n'est pas au sida.

Même chez ceux qui s'aiment et passent du temps ensemble, la qualité de leur sexualité dépend, directement, du temps qu'ils peuvent y consacrer. Dès qu'un élément perturbateur intervient, voyage professionnel, travail en charrette, travaux ménagers urgents et, surtout, souci des enfants et d'une famille, la sensualité en prend un coup. Aussi le rêve de la plupart des couples qui s'entendent bien ne varie pas : du temps seuls, tous les deux, ailleurs, sans perturbateurs.

Les femmes se plaignent de leur difficulté à être mères et à exercer en même temps leur métier. Incompatibilités de temps. Et si vous leur demandez où en est leur relation d'amour, beaucoup soupirent : « Il faut bien sacrifier quelque chose. » Un choix imposé qu'elles supportent, aujourd'hui, de moins en moins bien.

Il n'y a pas d'art d'aimer sans art du temps.

PLUS DE STRESSÉS QUE D'OBÈSES

Au cours du développement, quand une relative abondance alimentaire succède à l'immémoriale privation, les humains ne résistent pas. Ils commencent à s'empiffrer et à grossir, et plus ils sont riches, plus ils sont gras. Beaucoup en meurent. Quelques générations plus tard, ils se regardent et se trouvent laids, mal dans leur peau. La réaction se déclenche alors, en forme d'articles, de livres, d'émissions, jusqu'à devenir une préoccupation mondiale.

Les progrès sont visibles, car ces nouvelles valeurs de santé et d'esthétique dominent. Nos corps ne ressemblent plus guère à ceux de nos grands-parents. La diététique a touché l'ensemble de la population.

Hélas, un mauvais usage du temps ne fait pas grossir, et donc se voit moins. Peut-être est-ce pour cela que le problème n'est pas encore devenu une priorité nationale. Pourtant, on en tombe tout aussi malade que de la suralimentation. Ulcères, crises cardiaques ou cancers naissent dans le sillage du stress, qui est au temps ce que l'obésité est à la nourriture. Or la situation est bien plus grave. Car il y a beaucoup plus de stressés que d'obèses. Et si l'on rencontre souvent des gros plutôt gais, les coincés du temps font rarement montre de joie de vivre.

Il n'existe pas de diététique du temps. Nous en avons pourtant le plus urgent besoin, car notre bien-être, notre bonheur et vraisemblablement le sens même de notre vie sont menacés.

Commençons par essayer de comprendre comment, personnellement, nous en sommes arrivés là.

Jusqu'ici, nous avons mesuré combien la modernité malmène ce temps ancestral et naturel par lequel l'humanité se croyait fermement définie. Déstabilisés, étourdis, quelquefois haletants, nous nous demandons, devant de tels bouleversements, si l'équilibre perdu pourra jamais être recouvré.

Individuellement, cette reconquête passe bien sûr par un processus de prise de conscience et de maîtrise, une véritable rééducation.

3

RYTHMER SON TEMPS

LA FIN DES VACANCES

Qu'il dure une semaine ou un mois, à un certain moment, le temps des vacances se met à passer très vite. Au début, le retour paraît si distant que nous pouvons nous permettre de ne pas y penser. Nous nous sentons riches de loisirs, comme quand notre compte en banque est bien garni, en début de mois, et que nous regardons moins à la dépense. Miettes d'éternité.

Nous pouvons encore croire que nous pourrons à la fois lire trois livres, faire une excursion de deux jours, nous mettre à la planche à voile, jouer aux échecs avec les enfants et passer de longues soirées à discuter avec nos amis. Le temps rêvé est extensible.

Cette impression que la corde du temps s'est détendue est, en fait, le principal bénéfice des vacances : casser le rythme. Le mot même de « vacance » n'est-il pas synonyme de disponibilité ?

Et puis, un matin, le réel revient. Nous voyons grandir l'horizon du retour. Les jours qui restent ont comme rétréci et ne peuvent plus abriter tout ce que nous avions projeté de faire. Nous sommes toujours en vacances, mais il faut déjà trier. On choisit quel livre ne sera pas ouvert, on renonce à l'excursion. Sans avoir encore repris le harnais, nous sentons revenue la contrainte du temps.

Quand se produit ce petit basculement ? Au bout de deux jours, si l'on fait partie des angoissés ; la veille du départ, pour les grands insouciants. Pour ma part, c'est à peu près à mi-durée, quelle qu'elle soit.

Il en est de même, bien sûr, pour la vie.

A dix ans, l'année paraît un siècle ; à quarante ans, une courte étape. Au long de l'existence, la durée subjective du temps perçu se modifie constamment.

Jusqu'ici, nous avons décrit un temps marmoréen, insensible et électronique, et voici soudain qu'il peut se déformer comme de la guimauve. S'agit-il du même ?

Certes non, car nous vivons sur un rythme à trois temps : le temps de la nature, le temps de la société et le temps vécu — le nôtre.

LE TEMPS DE LA NATURE, ILLUSION CONFORTABLE

Le *temps de la nature,* c'est d'abord celui du cosmos, celui des plus ou moins 15 milliards d'années depuis le « big bang » originel. On ne sait toujours pas si l'univers poursuivra une expansion indéfinie ou s'il se recontractera dans une pulsion galactique, jusqu'à une nouvelle explosion créatrice d'autres mondes. Il nous dépasse tellement ou semble si répétitif qu'il n'a qu'une influence métaphysique sur notre passage terrestre. Car ce temps-là se moque bien de l'existence, ou non, d'humains sur la planète.

Curieusement, cette donnée fondamentale est de découverte récente. Jusqu'à la fin du XIXe siècle, on imaginait l'histoire de la terre, non pas en milliards, mais en milliers d'années. Du fait de la Bible, l'homme occidental voulait encore, naïvement, être la mesure de l'univers, qu'il croyait fait pour lui. Et puis, tout s'est précipité, au détriment de notre ego humain et terrestre. Les astrophysiciens nous ont révélé que l'univers venait de loin, que notre Terre y était récente et, détail déprimant, qu'elle serait très certainement absorbée dans le feu d'artifice final de l'étoile Soleil, avant cinq milliards d'années.

Les principales conséquences de ces connaissances, pour tout un chacun, sont philosophiques : l'humain, qui se croyait central, est relégué au rang d'un phénomène intéressant, mais éphémère, dont la raison d'être devient encore plus difficile à déchiffrer.

Quant à la perception de ce temps-là, elle nous échappe complètement. Même si nous sommes capables de la calculer (pas nous, mais les hommes de science), nous ne pouvons la concevoir. Enfin, cette réalité nous confirme que la vraie dimension du cosmos, c'est le temps et non la distance. Personne n'exprime les frontières de l'univers en kilomètres, unité de mesure terrestre, mais en années-lumière, synthèse de la vitesse et du temps.

Le temps de l'univers nous donne un goût concret de l'infini et de l'éternel, tout en conservant entier le mystère de l'existence, puisque personne ne sait comment tout a commencé, ni pourquoi.

Plus modestement, ce temps-là est celui de notre système solaire de banlieue, avec le jour et la nuit, le froid et le chaud, le vert et le blanc. Le temps de la nature est également celui des saisons, du temps qu'il fait, auxquels nous sommes infiniment sensibles. Selon qu'il fasse beau ou gris, chaud ou froid, notre humeur diffère et nos petites joies avec. Mais comme ce temps naturel est répétitif, il contribue à nous donner l'illusion d'un recommencement, chaque année. Il nous dissimule donc l'inévitable fuite de notre temps de vie.

LE TEMPS SOCIAL NOUS ENSERRE

Le *temps de la société,* le temps moderne, au contraire, nous serre de près. Né de la multiplication et de l'accélération des relations interpersonnelles, il reste une convention. Installons-nous sur une île déserte et nous nous dépouillerons immédiatement de cette tunique de Nessus. Mais il n'y a plus guère d'îles désertes et, s'il y en avait, nous n'irions probablement pas de notre plein gré.

Le temps social est fait de deux composantes très différentes, puisque l'une s'impose à nous — les années, les jours et les heures — et l'autre est construite par nous — les rendez-vous et les routines.

De notre naissance à notre mort, le cadre temporel de notre vie peut paraître prévisible et fixé comme une grille à remplir. Ce que nous faisons, bon gré mal gré, depuis le jour où nous franchissons, pour la première fois, le seuil de l'école primaire.

S'ensuivent les années de scolarité, avec leur rythme particulier, puis celles du métier, puis celles de la retraite. Un cadre qui se précise en grandes masses. C'est sur lui que nous insérons notre manière propre d'organiser nos journées, selon notre fonction dans la société et nos préférences.

Ainsi se tisse cette toile dont nous sommes à la fois l'araignée et la mouche.

Dans les premiers temps de notre autonomie sociale, après nos études, nous pensons pouvoir choisir la manière d'utiliser notre temps. C'est la marque de notre liberté. Jusqu'à ce que nous nous rendions compte que l'essentiel est prédéterminé par notre métier, notre âge, notre situation familiale, notre niveau de revenu. Être « libre de son temps » nous paraît de plus en plus une chimère, au point de nous sentir, dans les moments de déprime, brimés de partout.

Pour éviter qu'il ne nous aliène ou ne nous asphyxie, nous avons donc le plus évident intérêt à connaître à fond les règles et le maniement du temps social. Pour les bons joueurs, le gain peut être considérable. Il se compte en liberté.

LE TEMPS VÉCU N'EST PAS PHILOSOPHIQUE

Notre *temps vécu* est, au quotidien, intimement mêlé au précédent, mais ne doit pas être confondu avec lui. Fait de nos perceptions, de nos sentiments, de notre biologie, il est, tout au long de notre vie, le plus « réel » des trois.

Ce que notre conscience perçoit, ce n'est pas du temps, concept, on l'a vu, souvent abstrait, mais une durée dont la consistance est variable, selon notre état. Cette durée perçue est la matière même de notre existence et ne se laisse pas définir par les codes du temps social. Des mots accolés à ce temps, comme « long » ou « court », « calme » ou « fou », « passionnant » ou « sinistre », le décrivent beaucoup mieux que « minute », « semaine » ou « trimestre ». C'est le temps qui s'exprime en qualité, alors que le temps social est surtout quantifié.

André Comte-Sponville le décrit avec sa clarté habituelle : « Le temps de la conscience se distingue du temps des horloges, par quoi le temps subjectif, comme disent les philosophes, diffère du temps objectif. [...] Ce savoir qui n'en est pas un et qui les précède tous, c'est ce qu'on appelle la conscience. Qu'elle soit temporelle de part en part, c'est une évidence, qu'il suffit de rappeler. Et que son temps propre n'a pas l'homogénéite de celui du monde ou des horloges. Aurions-nous, autrement, besoin d'horloges ? [...] Notre temps — le temps vécu, celui de la conscience ou du cœur — est multiple, hétérogène, inégal. C'est comme s'il ne cessait de se diffracter ou de se démultiplier en nous, selon qu'il se heurte ou pas à nos désirs, selon qu'il les accompagne ou leur résiste, selon qu'il les use ou les exalte [...]. Inutile de s'y attarder. La philosophie n'est pas là pour décrire, analyser ou commenter sans fin les évidences de la conscience commune, qui se suffisent à elles-mêmes et valent mieux, presque toujours, que les discours qu'on fait autour » (*L'Être-Temps, op. cit.*).

Comme je ne suis pas philosophe, c'est précisément à ce temps vécu, ou temps de la conscience, qu'est consacré le reste de ce livre. Si une étude ne nous apprendra rien sur la nature du temps, elle jettera un éclairage tout à fait utile sur notre manière de vivre notre temps, donc sur notre vie unique et concrète.

LE MOMENT DE RÉAGIR

Pour le temps vécu, une heure, une année n'ont pas la même durée subjective selon les âges de la vie ou les circonstances émotionnelles traversées. Le temps vécu est aussi le temps de l'affectivité, de la création, de la jouissance, de la connaissance et de la réflexion. Il est aussi fragile qu'essentiel, car le temps social l'interpénètre comme le liseron qui, souvent, finit par étouffer la plante sur laquelle il grimpe.

C'est ce temps vécu qui, à divers degrés, nous fait à tous défaut ; certains n'en connaissent plus que le souvenir, qui remonte souvent à l'adolescence, avant l'arrivée des responsabilités.

Pourquoi, par exemple, le temps vécu paraît se rétrécir avec l'âge ? Passé trente ans, en général, nos années sont prises en tenailles. La pression extérieure accroît ses demandes. Les responsabilités professionnelles accrues coïncident (fâcheuse synchronisation) avec les charges familiales et le soin des jeunes enfants. Notre « pièce unique » se meuble vite, au point de ne plus guère nous laisser d'espace libre.

Or c'est souvent au cours de ces années-là que s'impose à notre conscience une réalité décisive : nous réalisons que nous allons mourir. Comme, à un moment des vacances, apparaît soudain l'horizon du retour, nous perdons l'illusion d'immortalité si naturelle à la jeunesse.

Cette prise de conscience que notre stock de temps est limité, non renouvelable, et que chaque journée l'ampute inexorablement, donne soudain à chacune d'elles une qualité singulière.

A l'approche de l'âge mûr, les heures deviennent ainsi, subjectivement, à la fois plus précieuses et plus rares. C'est la période critique de notre rapport au temps.

Le plus grand écrivain chinois contemporain, Pa Kin, à l'âge de quatre-vingt-cinq ans, avait été décoré par François Mitterrand et invité à venir en France. « Pour quoi faire ? répondit-il. Pour rencontrer qui ? Pour y découvrir quoi d'intéressant ?... Vous comprenez, ajouta-t-il comme pour s'excuser, j'ai l'impression qu'il ne me reste plus que sept dollars. Et je ne veux pas acheter des cacahuètes. »

C'est souvent alors que nous sentons le moment venu de réagir, de passer de la dépense insouciante à la gestion jalouse.

ÇA SE PASSE AU PRÉSENT

Quand le besoin d'éviter le gaspillage des jours devient évident pour chacun, peu disposent d'une approche ou d'une méthode adaptées. Ne serait-ce que parce que les représentations du temps qui nous ont été inculquées cadrent mal avec la réalité.

« Le temps, pour la conscience, rappelle A. Comte-Sponville, c'est d'abord la succession du passé, du présent et de l'avenir. Or le passé n'est pas, puisqu'il n'est plus ; ni l'avenir, puisqu'il n'est pas encore. »

Seul compte, en pratique, le présent où nous passons la totalité de notre vie, puisqu'il est inimaginable que nous soyons ailleurs.

Le présent du passé, ce sont nos souvenirs et l'on peut s'y réfugier en pensée, mais pas y vivre. Le présent de l'avenir, ce sont nos projets, dont la préparation peut nous absorber, mais au présent et jusqu'à ce que ces derniers deviennent présents à leur tour.

Mettre passé, présent et futur sur le même plan fausse donc complètement la perception du temps utilisable, qui n'est fait que de présent. Toutefois, il s'agit d'une erreur bien répandue.

Pour excusable qu'elle soit, elle n'en est pas moins dangereuse pour vivre au mieux sa vie.

Selon certains pédiatres, il faut une douzaine d'années à un enfant pour assimiler la mécanique du temps. Avant huit ans, il apprend, en général, à lire l'heure. Ensuite, il organise dans sa tête l'articulation des jours, des mois et des années. Mais ce ne sont là que des codes, aussi différents du temps perçu intérieurement que la lecture des chiffres sur les billets de banque l'est du sens de la valeur de l'argent.

L'important serait de comprendre comment se forme et évolue notre perception du temps. Trop peu de travaux sérieux ont été menés sur cette question. On constate seulement, comme pour l'affectivité ou les valeurs morales, que l'exemple des parents est décisif dans la façon dont nous vivons les heures.

LES PREMIÈRES CONTRAINTES

Sommes-nous ponctuels parce qu'on insistait chez nous sur le respect de la pendule, ou refusons-nous de nous plier à l'horaire pour avoir trop longtemps supporté de dîner à huit heures pile ? Dans tous les cas, une rétrospection personnelle devrait être fructueuse. Nous souvenir de la manière dont on traitait chez nos parents les rendez-vous, le respect des délais, la préparation des projets familiaux nous aide à comprendre ce qu'il nous en reste ou ce contre quoi nous avons réagi.

L'apprentissage des contraintes du temps, du moins de celles qui nous sont imposées de l'extérieur, se fait ensuite sans ménagements sous l'effet de l'école, de la famille et de la télévision.

Horaires impératifs (avec punitions ou mots d'excuse à la clé), durée perçue d'un cours d'une heure, variation du programme selon les jours de la semaine, attente des week-ends et des vacances, tout cela nous vient de l'école.

Réveil seul ou assisté, heures des repas respectées ou non, départs précipités ou non, programmation ou non des loisirs et des vacances, c'est le legs de la famille. S'y ajoutent, bien sûr, les rendez-vous du soir ou de l'après-midi avec nos émissions favorites et/ou autorisées.

Ce faisceau de contraintes finit par constituer un carcan concret. Pour peu que s'y ajoutent la pratique d'un sport le mercredi après-midi et une ou deux répétitions, nos enfants, préstressés, auraient de bonnes raisons de prendre tout quadrillage horaire en horreur. Ceux qui s'y plient de bon gré devraient même nous inquiéter un peu.

Comme le catéchisme trop précoce fabrique les futurs agnostiques, la tyrannie de l'horaire exercée sur les enfants de dix ans a des chances de les dresser plus tard contre toute suggestion d'organisation personnelle.

Mais n'exagérons pas les traumatismes ; l'être humain, surtout jeune, est remarquablement adaptable. Ne s'habitue-t-il pas à vivre au milieu des briques et du macadam et à ne voir les arbres qu'en voyage ?

CEUX QUI NOUS FONT ATTENDRE

Le jeune apprenti du temps, que nous avons tous été, aura assimilé les rendez-vous, les retards, le découpage de la journée en tranches et un minimum de programmation. Mais rien ne garantit qu'il ait intégré, par la même occasion, l'exactitude.

Comment expliquer que, dans une même famille, Catherine arrive à l'heure, remette ses projets à temps et paraisse détendue, cependant que Jacques court après les minutes, manque ses trains et trouve toujours des excuses pour atermoyer ? Ce n'est pas seulement affaire d'apprentissage, mais aussi de personnalité.

Quatre Français sur cinq s'estiment ponctuels, et il est vrai que l'on attend moins, de nos jours, qu'il y a deux générations. Influence de la culture anglo-saxonne et des exigences du secteur privé, supérieures, dans ce domaine, à celles des administrations ? Mais nous continuons à rencontrer des retardataires systématiques, au point que l'on peut les suspecter de souffrir de quelque trouble psychologique.

Les recordmen — ou women — du retard appartiennent à deux principales espèces : les narcissiques et les atermoyeurs. Pour les premiers, se faire attendre, c'est se faire désirer. Celles qui se pomponnent inlassablement dans leur salle de bains, ou ceux ou celles qui ne parviennent à travailler que dans l'urgence. Tendance fréquente chez les créatifs, à qui le travail du dernier moment procure un sentiment de quasi-ivresse. Sans oublier que le retard imposé aux autres est un moyen de marquer sur eux son pouvoir. Le complexe de la diva.

François Mitterrand, exemple célèbre, tenait à arriver le dernier dans une réunion ou à un repas. On l'a vu, lorsqu'il risquait d'être à l'heure, demander à son chauffeur de se ranger sur le bas-côté de la route, où il lisait son journal, pour être en retard.

Les « atermoyeurs » souffrent, eux, d'une grande difficulté à prendre une décision. Le mot vient du latin où il signifie remettre indéfiniment à plus tard. Cela s'apparente à la névrose obsessionnelle. En mineur, ça donne une difficulté à choisir un vêtement ou un plat au restaurant. En majeur, des décisions clés remises constamment à plus tard. Il vaut mieux éviter les procrastinateurs comme patrons.

Un bon rapport au temps est un des signes d'une personnalité équilibrée et attentive aux autres.

LE SOUVENIR ÉMERVEILLÉ DU PRÉSENT

Parce que nous vivons en société, nous devons mieux pratiquer notre art du temps. C'est crucial pour notre mieux-être. Mais ce n'est pas un idéal, mieux vaudrait ne pas avoir besoin de règles. Par rapport à nos débuts dans la vie, nous avons, en effet, pas mal désappris à cet égard.

C'est pendant l'enfance que nous vivons le rapport le plus profond, le plus naturel, le plus intime avec le présent.

Jamais plus, en effet, nous ne serons aussi disponibles que ce petit pour qui tout est nouveau, qui sait rêver, être surpris et tout oublier pour profiter de l'instant. Sans le poids du passé, sans souci de l'avenir, nous traversons nos premières années au présent, avant que celui-ci ne soit rongé aux deux bouts par les souvenirs et les projets. Sur ce plan, l'enfance est une période heureuse.

L'expérience fondamentale du présent, de la plénitude de l'instant, de l'intensité de ce que l'on ressent (joie/peine ; plaisir/souffrance), ici et maintenant, n'est donc pas si difficile à acquérir, puisqu'elle est à la portée de chaque enfant. Ce qui est plus problématique, c'est de ne pas l'oublier.

Cette connaissance est décisive et c'est après son souvenir que nous allons courir plus tard. La maîtrise du temps a, en effet, deux objectifs indissociables, quoique presque opposés. Le plus évident — mais pas forcément le plus important — est d'être plus efficace. Le plus riche et le plus rare est de réapprendre à profiter de l'instant, avec cette intensité que nous avons connue, à 6 ans, devant le rayon de soleil qui vient nous chauffer la main, dans un sous-bois saturé d'odeurs de pin.

De nos premières années et même, souvent, de notre adolescence, datent ces impressions physiques de plénitude, qui en établiront la référence pour le reste de notre vie. Quand, à grands efforts ou à grand prix, nous tentons, au milieu d'une existence stressée, de retrouver du plaisir, c'est cette qualité de l'instant qui nous sert de repère, à notre insu. Nombreux sont ceux qui investissent en exploration intérieure ou thérapeutique, souvent douloureuse, pour retrouver les émerveillements de leur innocence.

L'homme occidental, petit à petit, escamote son présent et doit, pour le retrouver, s'imposer une véritable rééducation et quelques renoncements. Cioran le dit à merveille : « On ne peut goûter la saveur des jours que si l'on se dérobe à l'obligation d'avoir un destin. »

À LA DÉCOUVERTE
DE L'HORIZON TEMPOREL

Plus nous nous éloignons de l'enfance, plus, en affinant notre connaissance du temps, nous modifions notre horizon temporel. C'est là un des paramètres personnels les plus significatifs et les moins explorés.

L'horizon temporel est la distance à laquelle s'établit, spontanément, notre vision dans le futur ou le passé, la durée que notre attention nous permet d'explorer sans efforts particuliers. Il varie de façon considérable d'une société à l'autre, selon les individus et les périodes de leur vie.

Les animaux n'ont probablement pas d'horizon temporel. Ils vivent exclusivement dans le présent ; ils ne sont capables ni de se remémorer un instant passé, ni d'anticiper. En revanche, ils ont de la mémoire, puisqu'ils reconnaissent des lieux, des situations ou des personnes.

L'homme, lui, possède cette faculté fondamentale de faire, au présent, usage de son passé (ce qu'il a appris ou connu) pour préparer son futur (prévoir, organiser, éviter le danger).

Dans les sociétés primitives, l'horizon temporel peut remonter loin dans le passé, mais reste court en aval, en direction de l'avenir. Tout vient de l'idée que l'on s'y fait du temps. Pour penser le futur, il faut d'abord croire à son existence. Or les primitifs ressentent le temps comme circulaire et pensent que le passé ne peut que se répéter. Explorer le passé et le reprojeter devant soi leur fait office de prévision.

Encore aujourd'hui, beaucoup de pays peu développés disposent vers le futur d'un horizon trop bref. Le fameux *mañana* sud-américain veut dire aussi bien « demain » qu' « un jour » ou même « jamais ». Au Moyen-Orient, fixer un rendez-vous au-delà d'une semaine, c'est prendre le risque qu'il ne soit pas retenu dans le champ temporel et d'action de l'interlocuteur.

Ce qui caractérise en revanche la civilisation occidentale, c'est le basculement de l'horizon temporel vers le futur aux dépens du passé. Les Américains, au passé léger, ont été des précurseurs. Ce sont eux qui ont inculqué à la vieille Europe le planning, la prévision, les scénarios. Sans lesquels pas de Débarquement en 1944, pas de conquête de la Lune en 1969.

ON NOUS PAIE POUR VOIR LOIN

Il n'y a pas que les sociétés qui ont un horizon temporel, chaque individu a le sien, résultat d'un faisceau de facteurs où l'éducation et la génétique se mêlent. Examinons donc le nôtre.

Sommes-nous de ceux que les souvenirs encombrent comme des bagages de plus en plus lourds, ou de ceux qui se plaignent de manquer de mémoire ? Prévoyons-nous sans mal, un mois ou un an à l'avance, ou sommes-nous souvent surpris, en regardant notre agenda, des rendez-vous que nous avons nous-mêmes notés pour la semaine suivante ? Préférons-nous organiser ou improviser ?

En général, l'œil sur le passé l'emporte sur la vision de l'avenir, ne serait-ce que parce qu'il faut moins d'efforts pour se souvenir que pour prévoir.

La plupart des tentatives de maîtrise du temps s'attacheront donc à améliorer notre rapport avec le futur immédiat, puis plus lointain.

Enfant, notre horizon est très étroit. Au départ, nous ne connaissons que le présent et savons donc bien en profiter. Mais tout dans notre éducation vise ensuite à élargir notre angle de regard : vers le futur, par la confrontation avec le respect des horaires et des échéances (examens), et vers le passé, du seul fait que l'éducation passe par la mémorisation. Etudier, n'est-ce pas se constituer des souvenirs utiles, de la table de multiplication au droit des sociétés ?

L'éducation a repoussé notre horizon vers le passé. Notre vie professionnelle en fera autant vers le futur. Nous commençons par y résoudre des problèmes au jour le jour. Puis nous apprenons vite que, pour obtenir des postes plus intéressants, donc plus complexes, il va nous falloir anticiper de plus en plus loin. Un manager s'astreindra à un plan à trois ans, un médecin à la préparation du concours des hôpitaux, un écrivain programmera son ou ses prochains livres. Les étapes d'un employé seront ses prochaines vacances, la fin des traites de sa maison, le mariage des enfants, puis sa retraite. Le futur nous tire.

Selon le sociologue anglais Elliott Jaques, l'horizon temporel est déterminant dans le niveau de rémunération de chacun. Un ouvrier non qualifié ne pourra effectuer, sans contrôle, que des tâches d'une durée de deux heures. Un contremaître, d'une semaine, un cadre supérieur, d'un mois, un chef d'entreprise, d'un an. Matsushita, fondateur du groupe japonais qui porte son nom, affirmait penser sa stratégie à deux cents ans. Bref, plus on pense loin, plus on est cher payé. Il semble que ce critère soit strictement transnational. Un Portugais et un Singapourien qui ont le même horizon temporel ont, quel que soit leur métier, toutes les chances de percevoir des mensualités équivalentes.

LE TEMPS QU'IL FAUT POUR CHAQUE CHOSE

Parmi les problèmes que nous rencontrons dans notre rapport au temps, il n'y a pas que la profondeur de champ. L'appréciation toute simple du temps qu'il faut pour faire les choses, bref, l'expérience de la durée, n'est pas donnée à tout le monde.

Ce n'est qu'après une longue pratique que nous intériorisons le vrai temps qu'il faut pour faire les choses. Ça peut paraître d'autant plus simple que notre vie est pleine d'actes répétitifs. Pourtant, des gens d'âge mûr et d'un excellent niveau intellectuel continuent en ce domaine à commettre des erreurs de débutant.

Ainsi, cette sommité médicale parisienne qui fait attendre ses patients entre 45 et 90 minutes. Et ce, tous les jours. Quelquefois, le retard prend des proportions si alarmantes que sa secrétaire s'évertue à joindre au téléphone les patients de l'après-midi pour leur dire de ne venir que deux heures plus tard. Le diagnostic est simple : ce médecin inscrit un malade toutes les demi-heures alors qu'il les garde chacun au moins trois quarts d'heure. Depuis des années. Et quelque chose en lui refuse de s'en apercevoir.

Combien de fois recevons-nous un visiteur qui affirme « n'avoir besoin que de vingt minutes » et qui, après une demi-heure, en est toujours à son préambule ?

Les actes les plus simples de la vie ne sont pas toujours calibrés dans notre tête. Une femme dira sincèrement qu'il lui faut cinq minutes pour se maquiller, ou un homme pour se raser, alors qu'ils ont toujours besoin du double. Il n'est pas courant ni tellement agréable de se chronométrer, mais nous avons quand même besoin de connaître les durées respectives de nos activités les plus courantes. C'est avec ces morceaux de temps que nous construisons nos journées. Plusieurs petites erreurs d'évaluation cumulées font les grands retards qui finissent par le coup de fil culpabilisant : « Ne m'attendez pas pour vous mettre à table. »

Bien que moins fréquents, on observe aussi des comportements inverses. Les gens qui comptent trop large et viennent en avance aux rendez-vous peuplent les salles d'attente et arrivent sur le quai de la gare avant la formation des trains. Ils obéissent seulement à des ressorts psychologiques différents.

Plus les projets sont complexes, plus une mauvaise appréciation de la durée coûte cher. D'où, comme pour l'horizon temporel, une prime substantielle à ceux qui ne se trompent pas sur les délais qu'ils promettent.

CHACUN SON TEMPS

« L'éternité, c'est long. Surtout vers la fin. » Ainsi parlait Woody Allen, avec son talent pour faire ressortir une évidence par une absurdité. L'évidence est que notre esprit ne nous permet pas de nous figurer l'éternité, ni même beaucoup moins. Comme, par exemple, l'âge de notre planète, qui serait de plus de 4 milliards d'années. C'est évidemment beaucoup, mais, pour notre capacité à nous le représenter, quelle différence avec 40 ou même 4 millions d'années ?

Comme pour les enfants, nous devons donc trouver une métaphore, afin de traduire cette réalité par une image à notre mesure. Une année, vous en sentez bien la durée ? Eh bien, si la vie totale de la terre, de sa formation à nos jours, était ramenée à une année, l'homme ne serait apparu que le 31 décembre à 23 h 45, et le Christ serait né à 23 h 58. Là, nous comprenons.

Pascal l'avait remarqué, les deux infinis nous échappent également. Le millionième de seconde, où il se passe des choses tout à fait passionnantes pour une particule élémentaire, nous laisse de marbre.

Et pour tout compliquer, notre perception des

durées les plus familières se déforme sous l'influence de nos émotions. Quoi de plus court qu'une nuit d'amour ? Quoi de plus long qu'une seconde, les doigts coincés dans une portière ? Selon l'intérêt de notre travail, une semaine file comme une journée, mais une heure peut se traîner comme un jour entier...

Ce temps perçu, qui est notre seul temps vécu, est donc infiniment divers selon les tempéraments, les expériences de vie, l'âge et les situations que nous traversons. Voilà pourquoi, alors que le temps est unique et que chacun en a autant que son voisin, la manière dont nous le vivons et l'utilisons est si variée et peu analysée. L'avantage de cette situation surprenante, c'est que, une fois que nous l'avons compris, bien des améliorations sont à notre portée. Et les plus significatives pour nous concernent la manière dont nous nous servons de nos heures et de nos jours.

Car le manque de temps prend sa source dans notre emploi du temps.

4

REDÉCOUVRIR SON TEMPS

DURE JOURNÉE POUR CHARLES

L'heure de vérité sonne vers 19 heures. Charles, qui est à son bureau depuis 10 heures, essaie de se souvenir de ce qu'il a fait aujourd'hui. Le trou, rien, un blanc. Pendant une bonne minute, aucun souvenir précis ne lui vient. Il n'est ni malade ni ivre. C'est ainsi presque tous les soirs.

Il a simplement du mal à focaliser sur une journée du genre tapis roulant, pendant laquelle il a été constamment interrompu. Combien de fois ? Il ne saurait dire. En fait, d'après les statistiques, ce ne doit pas être moins de soixante-dix fois. Et ce qu'il voit sur son bureau ne lui fait pas plaisir : les notes et le courrier arrivés dans la journée et qu'il n'a pas pu lire. A côté, le dossier du rapport qu'il devait rédiger aujourd'hui et qu'il n'a pas même pu ouvrir.

Il sait qu'il lui reste encore une demi-heure de travail s'il veut, au moins, taper le courrier qui doit absolument partir demain matin. Puis il rentrera, son dossier sous le bras, résigné à s'y remettre après le dîner.

Quand sa femme lui demandera à table, plutôt gentiment : « Qu'as-tu fait de beau aujourd'hui ? », il répondra : « Rien d'important », et ce sera vrai.

Il s'autorise du vin, ce soir. D'après son médecin, c'est le meilleur des tranquillisants naturels. Sa femme et lui évoquent le voyage qu'ils parviendront peut-être à faire au printemps à Rome. Puis il repense à son dossier et ne se sent aucun courage. Il s'octroie quelques instants de télévision tout en sachant qu'il va vite s'endormir devant. Demain, c'est juré, il se réveillera dès 6 heures, l'esprit frais, pour commencer son rapport pendant que sa famille dormira encore.

Scène très ordinaire reproduite à des centaines de milliers d'exemplaires par jour. Charles finira par rédiger son texte, ni aussi tôt ni aussi bien qu'il le voulait. Mais ce temps mitraillé, qui lui échappe de partout, continuera de lui faire défaut puisqu'il lui manque, précisément, du temps pour y réfléchir.

Face au temps, à nous entendre, nous sommes des victimes et, de fait, l'environnement porte sa part de responsabilités. Mais, même aux prises avec des contraintes serrées, certains cherchent à améliorer la situation, tandis que d'autres y renoncent ou ne savent pas comment s'y prendre.

Or, le plus souvent, à notre insu, par routine, mauvaise conscience ou simple manque de réflexion, nous nous privons nous-mêmes d'une grande part de notre temps.

NOS CHÈRES MAUVAISES HABITUDES

Examinons quelques-unes de nos nombreuses manières de gâcher notre temps.

Que ce soit au travail ou à la maison, nous avons des tâches à accomplir. Petites ou grandes, ce sont elles qui ponctuent nos journées. Mais c'est nous qui, en principe, choisissons dans quel ordre les effectuer et décidons des priorités.

En fait, voici comment les choses ont toutes les chances de se passer. Nous faisons d'habitude :

- *ce qui nous plaît avant ce qui nous déplaît,*
- *ce qui va vite avant ce qui prend du temps,*
- *ce qui est facile avant ce qui est difficile,*
- *ce que nous savons faire avant ce qui est nouveau pour nous,*
- *ce qui est urgent avant ce qui est important,*
- *ce que d'autres nous demandent avant ce que nous avons choisi.*

Ce n'est pas tout. Ce qui est noté à une heure donnée sur notre agenda prendra le pas sur des travaux auxquels nous n'avons pas affecté d'horaire. Nous sommes souvent plus disponibles pour les interrupteurs que pour nos propres priorités. De même, nous traitons plutôt les problèmes dans l'ordre où ils se présentent, ce qui n'a pas forcément de rapport avec leur ordre d'importance.

Quand plusieurs personnes dépendent de nous — clients, subordonnés, enfants —, nous nous occupons d'abord de celles qui réclament le plus bruyamment, même si leurs problèmes ne sont pas forcément les plus urgents.

Pas étonnant qu'à cause de ces réflexes, devenus des habitudes, Charles ne se soit lancé dans son rapport qu'à l'ultime délai limite prévu.

Inutile de souligner que cette liste d'attitudes, dans lesquelles chacun se reconnaîtra, au moins partiellement, énumère tout ce qu'il conviendrait d'éviter pour utiliser au mieux son temps. Mais c'est ainsi que nous agissons depuis l'école et nous n'avons guère eu l'occasion de changer, sauf parfois en pire, sous l'accumulation des charges de notre métier.

La question suivante coule de source : pourquoi agissons-nous ainsi ?

PETITS RITUELS MATINAUX

Commençons par la loi du moindre effort. Nous savons bien qu'à l'intérieur de plus d'un bourreau de travail se cache un enfant paresseux qui a vite appris à éviter tout surcroît de travail, en ayant l'air (y compris à ses propres yeux) d'en faire quinze tonnes ! L'alibi des journées de dix à douze heures lui a construit une façade inattaquable. Qui osera aller voir ce qui se passe vraiment derrière ?

A l'extrême, pourquoi ne pas faire comme ce publicitaire en vue qui arrive le dernier aux dîners qu'il donne chez lui ? Il se valorise davantage à ses propres yeux en choisissant d'avoir l'air débordé plutôt que poli.

Même si nous connaissons tous notre part secrète de laxisme, l'explication reste insuffisante. Les sociétés industrielles n'ont pas été bâties par un ramassis de flemmards. D'autres ressorts psychologiques doivent bien intervenir.

Pour beaucoup, il n'est pas facile, chaque matin, de s'y remettre, de replonger, de retrouver son rythme de travail. La première chose qu'ils font, en arrivant au bureau, c'est d'aller à la machine à café. Puis ils commencent par de petites tâches ni trop longues ni trop dures, passent deux ou trois coups de fil, lisent une ou deux lettres de moins de deux feuillets. Après quoi, c'est promis, ils s'attaqueront au gros du travail.

Mais avant même la fin de ces hors-d'œuvre, ce sont les autres qui attaquent. Par appels, par irruptions, par fax, voire par e-mail, ils nous lancent des ballons que nous sommes (bien) entraînés à rattraper au vol sur le bout du nez.

C'est reparti pour une journée de plus, à jouer les phoques savants jusqu'au soir.

Si nous n'avons pas pu, aujourd'hui encore, aborder l'essentiel, ce sera la faute de ces interrupteurs qui sont venus saboter la moindre plage de temps qui nous aurait permis d'entreprendre un effort plus soutenu. Heureusement, il arrive qu'on nous laisse un peu en paix. Avec du temps devant nous, nous allons enfin, c'est promis, pouvoir travailler.

L'ennui, bien sûr, c'est que toutes les journées finissent par se ressembler, puisque nous-mêmes n'avons pas prévu de modifier en quoi que ce soit nos routines.

AUSSITÔT DIT, AUSSITÔT FAIT

De toutes les parties de notre corps, on sait que c'est le cerveau qui reste de loin le plus sous-employé au cours de notre vie.

Une journée d'action, même intense, pompe notre énergie, fatigue nos nerfs, mais ne sollicite guère notre cortex. La plupart des travaux quotidiens ne présentent pas pour nous de nouveauté. La création, l'originalité, l'invention, tout ce qui active nos neurones y est plutôt rare. Ayons l'honnêteté de reconnaître qu'un stock moyen d'idées, un peu d'expérience et un minimum de bon sens nous suffisent pour affronter la plupart des situations.

Passer d'une activité cérébrale de routine à une vraie concentration, c'est sauter d'un trottoir roulant au ralenti sur un plus rapide. Il faut, pour le faire, mobiliser son énergie et sa souplesse. Nous n'aimons guère ces changements de rythme. C'est une des raisons, mais pas la seule, pour laquelle nous pensons rarement à notre usage du temps, même si nous en pâtissons.

Engagés dans une journée faite de tâches morcelées et peu exigeantes, nous préférons continuer sur le même mode. Et si nous finissons par plonger dans un travail de réflexion, il suffit souvent que nous soyons interrompus trois fois par un appel téléphonique pour voir s'évanouir le fil de nos raisonnements.

Le fractionnement du temps moderne et la multiplication de nos activités nous ont fait graduellement rogner sur ces pauses, ces débrayages, jusqu'à les supprimer complètement. Les rendez-vous, réunions et appels téléphoniques s'enchaînent sans transition. Le pire, c'est que nous finissons par aimer ça.

L'action rapide et saccadée, les ballons que nous lancent les autres stimulent notre adrénaline et provoquent une petite euphorie. Il ne nous faut pas grand-chose pour nous sentir occupés, donc importants. Même si nous nous plaignons du côté absurde de ce mode de vie, nous n'allons pas jusqu'à le remettre profondément en question.

« L'homme ou la femme de la société technique a supprimé les délais nécessaires au rythme de la vie, estime Jacques Ellul, ce délai pour choisir, s'adapter, se ramasser sur soi-même, n'existe plus. La règle de vie est devenue : aussitôt dit, aussitôt fait. »

Nous travaillons sans recul. Pour un canon, c'est un progrès. Pas pour un cerveau.

LA BANDE DES VOLEURS DE TEMPS

Ni tout à fait paresseux, ni vraiment superficiel, ni réellement bête, aucun de nous n'est exempt de ces déviations dans l'usage que nous faisons du temps. C'est quand elles deviennent, à notre insu, notre mode habituel de fonctionnement qu'elles vont mettre tout notre temps en déséquilibre.

Des études ont été menées depuis des décennies, surtout en Amérique, pour établir des listes concrètes de ces « voleurs de temps » que nous rencontrons quasi quotidiennement sur notre chemin. Partout, ce sont les mêmes.

Un chercheur, Alec MacKenzie, a fait établir par des groupes très variés de responsables leur liste de voleurs de temps. Il a interrogé successivement 40 colonels canadiens, 30 présidents d'université américains, 25 chefs d'entreprise mexicains, des courtiers en assurances, des pasteurs noirs et des managers allemands. Leurs listes étaient pratiquement interchangeables.

La bande de voleurs au complet comprend les éléments suivants :

Voleurs externes

— appels téléphoniques imprévus ou inutilement longs ;
— collègues ou collaborateurs entrant exposer leurs problèmes ou faire la conversation ;
— politique de la porte ouverte, « devoir de disponibilité » ;
— visiteurs, clients, fournisseurs débarquant à l'improviste ;
— personnel insuffisamment formé (en particulier, secrétariat déficient) ;
— le patron ou, pire, plusieurs patrons ;
— repas d'affaires, cocktails de promotion et autres soirées pour visiteurs étrangers ;
— réunions trop fréquentes, trop longues, mal préparées ;
— démarches administratives personnelles ou familiales ;
— entretien, réparation de machines en panne (voitures, lave-linge, télévision) ;
— rendez-vous (médecins, leçons de musique, sports) pour les enfants, avec nécessité de les y conduire ;
— ménage, courses, cuisine ;
— interruptions par ses enfants (ou ses parents).

Voleurs internes

— priorités et objectifs confus et changeants ;
— absence de plan de travail quotidien ;

— travaux non terminés, encore « en cours » ;
— pas de dates limites auto-imposées ;
— tendance à en faire trop, perfectionnisme ;
— manque d'ordre, bureau mal rangé ;
— confusion et doublons dans les responsabilités ;
— délégation insuffisante ;
— attention excessive aux détails ;
— retard à traiter les conflits ;
— résistance au changement ;
— intérêts dispersés et trop nombreux ;
— inaptitude à dire non ;
— manque d'informations, communications insuffisantes (ou excessives) ;
— indécision ou décisions trop rapides (ou prises en comité) ;
— fatigue, baisse de forme.

Inutile d'entrer dans une série d'exemples. Chacun, en lisant la liste de ces 32 voleurs, aura vu venir sur son écran mental des images de cas personnellement vécus. S'ouvre alors un premier débat : qui nous vole le plus de temps, les *externes* ou les *internes* ?

Peter Drucker, pape du management, a mené une expérience éclairante. Il a réalisé un film montrant un chef d'entreprise accumulant au cours de sa journée à peu près tous les péchés imaginables contre un bon usage de son temps et de celui de ses collaborateurs.

Il a demandé à quarante responsables de dresser leur propre liste de voleurs de temps avant de voir le film. La plupart accusaient les

« externes ». Puis il les a priés de recommencer après visionnage du film. La grande majorité des voleurs étaient devenus « internes ».

Si l'on est honnête vis-à-vis de soi-même, en relisant la liste des voleurs externes, on se rendra compte qu'une grande partie d'entre eux ne sont que des internes déguisés. Ce ne sont, pour l'essentiel, que les comparses de deux plus grands voleurs internes : l'inaptitude à dire non — qui laisse s'engouffrer les visites, les appels inutiles et trop longs, les sorties creuses, la fatigue, les tâches non indispensables, les prétendues obligations — et la délégation insuffisante — qui empêche que nous nous débarrassions d'une longue série de tâches professionnelles ou familiales qui pourraient être réalisées par d'autres ou organisées autrement.

Certes, toutes les contraintes ne sont pas illusoires. Il y a des urgences (mais combien de vraies ? me rappelait souvent un ami médecin). Et ceux pour qui nous travaillons ont le droit de nous interrompre, en principe, à tout moment.

Comment donc s'organiser malgré l'imprévisible ?

L'ADVERSAIRE LE PLUS DIFFICILE À CONVAINCRE

Toutes ces constatations convergent à la fois vers une mauvaise et une bonne nouvelle. La mauvaise nouvelle, c'est qu'il n'y a pas grand monde à l'extérieur à blâmer. La bonne, c'est que l'essentiel dépend de nous et que nous disposons encore d'une sérieuse marge de manœuvre.

Notre cheminement semble nous avoir conduits devant une porte qu'il va nous falloir ouvrir : la nôtre. Comme celle de la boussole indique le nord, l'aiguille du temps, quels que soient nos détours, pointe dans cette direction obstinée : nous, d'où part et où aboutit le problème.

Certes, le temps de la société où nous vivons nous rend la vie compliquée. Souvent, le comportement des autres ne nous aide guère. Nous serions en droit d'instruire contre la société et nos contemporains un procès en érosion de notre capital temps. Mais quelle chance aurions-nous de le gagner ?

Ces faits-là sont aussi impassibles que le temps. A défaut de les changer, nous pouvons plus ou moins nous en accommoder, voire en tirer parti. Rappelons — ce ne sera pas la dernière fois — deux évidences :

— *Le temps passe sans s'arrêter. Si l'on peut en perdre, on ne peut en gagner. On ne peut qu'en faire un meilleur usage.*

— *Maîtriser son temps, c'est, de bout en bout, se maîtriser soi-même.*

Tous, nous avons commencé dans la vie avec cette notion instinctive et autoprotectrice que l'adversité vient de l'extérieur. « C'est pas moi, c'est lui », pleurent tous les enfants. Certains, quarante ans plus tard, en sont encore là.

Mais, après avoir vécu et surmonté certains obstacles, nous commençons — serait-ce la maturité ? — à pressentir une vérité plus efficace : l'adversaire, c'est nous-mêmes ; le plus difficile à vaincre. N'avons-nous pas pour lui toutes les indulgences ?

Avant de l'attaquer avec méthode (et doigté), nous nous devons d'examiner les raisons de ses faiblesses. Chacun en fera à sa guise l'examen. Mais l'observation de quelques cas fréquents peut nous donner des idées et permettre des comparaisons.

Par exemple, si nous continuons à supporter ces pertes de temps, dont nous n'arrêtons pas de nous plaindre à voix haute, n'est-ce pas aussi qu'elles nous arrangent, même si nous ne nous l'avouons pas ?

LE RETARD, SPORT DES INSATISFAITS

Observons Claire, qui est toujours en retard. La voici qui rejoint enfin la réunion, où tout le monde est déjà assis. Elle entre, s'excuse bruyamment, dérange toute une rangée en gagnant sa place, étale ses affaires, s'excuse encore et ose même ajouter sans rire : « Continuez, je vous en prie, ne vous occupez pas de moi. »

Voici Stéphane, qui boucle ses bagages à la dernière minute. Il remplit la maison de ses clameurs : « Où sont mes chaussures marron ? » et mobilise toute la famille, qui tremble de le voir manquer son avion.

Il doit bien y avoir des gains à ces jeux-là. Comme attirer l'attention, se faire remarquer. A défaut de se mettre en valeur par leurs hauts faits ou leurs résultats remarquables, ils préfèrent susciter une attention négative — « quel casse-pieds ! » — que pas d'attention du tout. Devant l'indifférence de ses parents, chaque enfant trouve, d'instinct, la bêtise à commettre qui le replacera à coup sûr sous les projecteurs.

Le retardataire se fabrique aussi une excitation, une angoisse artificielle qu'il préférera, là encore, à l'absence de toute stimulation.

Dans une vie un peu grise, on peut s'offrir quelques palpitations en jouant à « Vais-je rater mon avion ? » (et oublier ma brosse à dents ?), tout comme trop d'adolescents jouent au « Vais-je me tuer à moto ? ».

Enfin, en laissant attendre les autres, le moins considéré d'un groupe peut se donner un instant l'impression de le contrôler. En empêchant les autres de commencer — de partir, de parler ou de manger — au moment où ils le souhaitent, il s'attribue, au moins à ses propres yeux, une bribe de ce pouvoir dont il craint de manquer.

Plus d'un créatif, pétrifié d'avance devant la nécessité de « s'y mettre », ne s'y résoudra qu'à l'ultime instant, pour que l'énorme effort/angoisse de se lancer dans le travail attendu lui soit imposé par l'urgence et la peur de rater un délai impératif

Si l'exactitude est la politesse des rois, le retard peut devenir le sport des insatisfaits.

POURQUOI LES HOMMES SONT DÉBORDÉS

Le « débordé » doit avoir aussi ses raisons de résister à toute amélioration notable de la situation dont il se plaint.

On sait que les hommes s'attribuent volontiers ce rôle, pour esquiver l'essentiel des tâches domestiques. Et ça marche encore. De la même façon, ils peuvent, des années durant, éviter d'avoir à répondre aux attentes de leurs propres enfants.

Au bureau, Marc oppose un front soucieux à tout problème qu'il lui est désagréable de traiter. S'il n'a jamais le temps de s'en occuper, il espère que l'affaire finira par se résoudre d'elle-même. Au demeurant, une fois sur trois en moyenne, c'est ce qui se produit. Plus ou moins bien.

Le débordement protège les responsables qui ont une sainte horreur des face-à-face avec leurs collaborateurs. Ils ne trouvent jamais le temps de leur expliquer ce qui ne va pas. Idem pour les politiciens qui ne supportent pas d'avoir à se pencher sur le financement de leurs activités et qui auront toujours plus urgent à traiter. Tout en comptant sur un miracle pour éviter la mise en examen.

Le débordé tient tout particulièrement à éviter la responsabilité, l'intimité et le bien-être.

De la responsabilité à la culpabilité, il n'y a jamais loin. Dès que l'on manifeste un soupçon d'aptitude à résoudre des problèmes, tous (supérieurs, collègues, subordonnés, conjoints, enfants, amis) vont rivaliser pour nous en proposer d'autres. L'une après l'autre, les obligations s'agrippent à notre dos comme des bébés opossums.

Pour préserver notre espace-temps vital, il nous faut pouvoir refuser sans blesser. L'alibi fonctionne bien de deux manières, dont chacun use selon son tempérament : je ne peux pas ou je ne sais pas.

Le « je ne peux pas », ou plutôt le « je ne peux plus », est l'apanage des forts et des crédibles à qui l'on concède volontiers qu'ils en font déjà beaucoup. C'est le soupir entendu, les yeux au ciel, à peine quelques mots, qui font comprendre, d'avance, que le champion est à la limite de ses forces et qu'on aurait mauvaise grâce à insister.

Le « je ne sais pas » est préféré par ceux qui trouvent plus radical de plaider l'incapacité définitive. Leur bilan de maîtrise du temps est si évidemment désastreux, leurs retards, leurs oublis, leurs manques si manifestes et répétitifs que vraiment personne n'aurait l'imprudence de leur confier la moindre responsabilité. Pas valorisant, mais efficace.

LES AVANTAGES D'UNE NÉVROSE BANALE

Pour fuir les autres, éviter l'intimité, le manque de temps constitue également un rempart souple. Avec la durée, deux pôles de la vie de couple deviennent, pour certains, inquiétants : la sexualité et la communication. Ils ne se sentent plus capables de répondre à la demande de l'autre ou, pour diverses raisons, n'en ont plus très envie.

Pour la sexualité, une vie débordée peut être cause aussi bien que prétexte. La baisse de libido des cadres surmenés est le fonds de commerce des sexologues.

Ce bureau où luit fort tard une lampe abrite souvent celui, ou celle, qui s'est trouvé des raisons valables de ne pas rentrer chez lui. Et quand il, ou elle, le fera, sa fatigue l'autorisera d'abord à ne guère parler à table, puis à s'endormir au plus vite.

La technique est efficace et difficile à critiquer. Certains couples peuvent ainsi éviter d'aborder tout sujet sensible, des années durant. S'ils tiennent jusque-là.

La résistance à la maîtrise du temps peut, enfin, se nourrir d'une névrose banale : la crainte du bien-être. Ceux qui souffrent de quelque chose parlent tous de s'en débarrasser. Mais si l'occasion se présente concrètement, tous ne la saisissent pas. Ce serait trop simple.

Le fonds de culpabilité inhérent à notre morale judéo-chrétienne fait croire à certains d'entre nous qu'une part de malaise dans la vie garantit contre pire encore. Si tout se mettait à aller mieux, le destin risquerait de se venger en frappant plus fort. Hamlet aimait mieux « supporter les maux que nous avons, que voler vers ceux que nous ne connaissons pas ».

Et puis, le temps burine les traits, creuse les rides du front, et celui qui s'est coulé dans la peau d'un personnage affairé n'est pas toujours prêt à s'en dépouiller. Par quoi donc le remplacerait-il ? Trouverait-il une autre définition de lui-même ? Quand s'offre le choix entre demeurer stressé et se poser des questions fondamentales sur soi-même et le sens de la vie, la réponse n'est pas évidente.

Cette culpabilité souvent inconsciente est intimement mêlée à notre rapport au temps. Nous ne pourrons analyser ce dernier, le comprendre, agir sur lui, si nous ne parvenons pas à identifier ces messages intériorisés depuis l'enfance.

Souvent, nous agissons comme s'il n'était acceptable de prendre du temps pour soi que lorsque toutes les demandes des autres sont satisfaites : autrement dit jamais.

CINQ PRINCIPES POUR VIVRE MOINS BIEN

Un psychologue, le Dr Kahler, a mis en évidence les cinq injonctions les plus courantes dont nous sommes, souvent sans le savoir, tributaires dans nos actions :

« *Dépêche-toi, sois parfait, fais-moi plaisir, essaie encore, sois fort.* » Cinq recettes simples pour s'empoisonner la vie.

Les « *dépêche-toi* » croient que, si l'on peut réaliser quelque chose en prenant son temps, ce ne doit pas être important. Ils ont besoin de précipitation pour se sentir justifiés. Aussi leur suffit-il de s'y prendre à la dernière minute, au prix d'un stress dont ils peuvent se plaindre à voix haute.

Les « *sois parfait* » ne savent pas s'arrêter dans la mise au point des derniers détails. Ils perdent du temps à ranger, raffiner, contrôler, garantir. Ils auront du mal à décider, car ils craindront de manquer d'une information cruciale. Leur perfectionnisme les met en retard et les empêche de prendre du recul.

Les « *fais-moi plaisir* » disent souvent oui quand ils pensent non, et se retrouvent embarqués dans une série d'activités dont ils n'ont que faire. Ils n'aiment pas annoncer une nouvelle désagréable, ce qui les amène à laisser en souffrance des situations qui se détériorent. Ils n'osent pas afficher leurs objectifs ni leurs intentions. Confrontés aux engagements qu'ils n'ont pas pu tenir, ils sont consternés, mais ils ont bonne conscience, puisqu'ils voulaient faire plaisir.

Les « *essaie encore* » pensent que ça ne peut être que dur et difficile. Si ça ne l'est pas, ils ne prendront pas le problème au sérieux. Ils se justifient davantage dans l'effort que par les résultats. Pour eux, plutôt que d'aboutir, il est plus important que l'on sache qu'ils n'ont rien ménagé... et guère dormi.

Les « *sois fort* » n'ont besoin de personne. Ils doivent trouver seuls les solutions, et ne savent pas déléguer. Ils n'expriment pas de faiblesses, ne se plaignent pas. Ils prennent sur eux, serrent les dents et tiennent à avoir eu raison. Droits sur la passerelle, ils sauront couler avec le bateau.

Intimidations parentales, exemples familiaux, influence des éducateurs ? Nous avons tous du mal à savoir pourquoi nous adoptons, à notre détriment, telle ou telle de ces attitudes. Elles ne sont d'ailleurs que des exemples de l'infinie variété des obstacles psychologiques qui s'opposent en nous à un bon usage du temps. Chacun est libre d'enrichir ce zoo de ses propres spécimens. Pour s'affranchir de ces préceptes moraux trop sommaires, on peut se rappeler le conseil de Talleyrand : « Appuyez-vous toujours sur les principes. Ils finiront bien par céder. »

5

MAÎTRISER SON TEMPS

LES TROIS ÉTAPES VERS LA MAÎTRISE

Face à un temps inaltérable, irréversible et indifférent, les chétifs que nous sommes osent rêver de maîtrise. Folie ou prétention dérisoire ?

S'agit-il de maîtriser le temps, comme le cowboy son mustang, après nous être fait jeter vingt fois à terre ? Aucune chance. Dans le rodéo, la partie reste équilibrée entre la puissance du cheval et la ténacité du cavalier. *Contre le temps, non seulement nous ne sommes pas les plus forts, mais nous n'avons aucune prise. Pas plus que nous n'en avons sur la nécessité, à tout instant de notre vie, de respirer de l'oxygène.*

Ce que nous appelons, par commodité (ou tartarinade ?), maîtrise du temps, ne peut s'appliquer qu'à la maîtrise de nous-mêmes dans notre rapport au temps. Le cheval derrière lequel nous sommes attachés ne s'arrêtera ni ne ralentira jamais. Il n'est pas davantage question de couper la corde. Mais il doit y avoir moyen de ne plus nous faire traîner à terre ni ballotter. Nous devons pouvoir nous relever, commencer à courir à son rythme, parfois même le dépasser.

Mais, sommes-nous seulement capables de maîtrise ? Oui, au moins de celle de la conduite automobile. Souvenez-vous...

Au tout début, n'ayant jamais posé les mains sur un volant, nous en avions à la fois envie et peur. Ça avait l'air si compliqué et nous nous demandions comment on pouvait mener négligemment ces bolides à plus de 140 km/h, tout en devisant agréablement ou en réfléchissant à tout autre chose.

Après les premières leçons, nous étions persuadés que jamais nous n'arriverions à la fois à débrayer, enclencher la bonne vitesse, mettre le clignotant et regarder dans le rétroviseur avant de tourner. Jusqu'au jour où nous avons mené négligemment le bolide à plus de 140 km/h tout en devisant... Mais précisément, ce jour-là, nous n'y songions même plus. Nous avions acquis la maîtrise du volant.

Toute maîtrise d'une activité nouvelle passe par trois étapes : la motivation qui nous fait désirer les résultats ; la volonté qui nous permet de surmonter désorientation et découragement ; enfin, l'intériorisation achevée. C'est alors que nous pouvons nous concentrer, non plus sur la maîtrise elle-même, désormais acquise, mais sur ce que, grâce à elle, nous pouvons réaliser.

L'EXEMPLE DES MAÎTRES

Qu'est-ce qu'un maître et que pouvons-nous attendre de la maîtrise ?

Observons le « maître Ueshiba » dans sa pratique de l'aïkido. Ce petit homme souriant de soixante-quinze ans est, pendant de longues minutes, assailli par de jeunes gaillards qui, chacun à son tour ou tous ensemble, essaient de le déstabiliser ; lui semble se contenter d'agiter un peu les bras, d'esquisser quelques feintes. Et les voici projetés littéralement au loin. Très peu d'efforts, beaucoup d'effets.

Ecoutons Isaac Stern montrant à ses élèves chinois appliqués comment il convient de manier l'archet. Détendu, plaisantant avec ses interlocuteurs, il sort en même temps de son violon des harmonies à vous tirer les larmes. Ou encore ce chirurgien à qui l'on demande comment, dans son petit hôpital moyennement équipé, il obtient les meilleurs résultats d'asepsie et de cicatrisation de toute la région : « Je sais exactement où je dois enfoncer le bistouri. »

Précision, économie de moyens et quasi-absence d'efforts : la maîtrise est sœur de l'élégance.

Par la maîtrise, nous réussissons à dominer

un problème qui jusqu'ici nous dominait, grâce à la connaissance, à l'entraînement et, surtout, à une confiance renforcée dans notre capacité de trouver des solutions.

Rassurés sur nous-mêmes, rompus à l'exercice, nous parvenons enfin à ce qui fait l'essence même de la maîtrise : appliquer juste l'énergie nécessaire au bon endroit. Et, en prime, nous y puisons une de nos plus riches sources de satisfaction intérieure.

Toute maîtrise comporte, en soi, un gain de temps appréciable. La première fois que l'on fait une recette de cuisine, mieux vaut s'y prendre à l'avance. Comme il faut tout découvrir, tout est long. Mais, au bout de la cinquième fois, le temps s'est réduit au tiers.

« Avoir du métier », ce n'est rien d'autre que faire mieux et plus vite que ceux qui n'en ont pas.

MAIS COMMENT Y ARRIVENT-ILS ?

Qu'est-ce que maîtriser son temps, sinon savoir s'y insérer, s'y mouvoir, s'appuyer sur lui, s'en protéger, s'en servir et s'y plaire ? Lui ne bouge pas, nous l'habitons, lui donnant forme par nos actes et nos mouvements. Et souvent, nous nous emprisonnons nous-mêmes par la manière dont nous tissons notre temps. Car cette trame se fait tous les jours, au gré de nos choix. Il s'agit seulement d'en influencer le plus possible le dessin, pour qu'il nous convienne et que nous ayons de moins en moins le sentiment de nous y être laissé piéger.

Dans la vie courante, à quoi reconnaissons-nous les maîtres de leur temps ? Qui admirons-nous ou envions-nous discrètement ?

Ce médecin qui nous reçoit comme si nous étions son seul patient de la journée. Il nous porte toute son attention, nous écoute, ne consulte jamais sa montre et, ainsi, nous donne confiance dans l'attention qu'il nous porte.

Cet ami étranger à qui nous téléphonons en arrivant dans sa ville et qui nous reçoit sur l'heure, nous accorde sa soirée et nous raccompagnera à l'aéroport. Nous pensons *in petto* que, s'il lui arrivait de faire comme nous, il bouleverserait notre planning et nous lui en voudrions de ne pas nous avoir prévenus.

Cette mère (la nôtre ?) toujours disponible pour ses enfants et qui sait en même temps préparer des repas succulents, se faire belle pour son mari et respirer la bonne humeur.

Cette femme au métier absorbant, au couple vivant, qui, lorsque son père est hospitalisé, ne laisse pas passer un jour sans traverser toute la ville pour lui rendre visite.

Ce chef de service qui ne fait jamais attendre plus d'un jour votre demande d'entrevue. Il ne se réfugie jamais derrière ses horaires qui, pourtant, vous le savez, sont extrêmement chargés, et vous parle sans la moindre tension.

Toute personne qui mène une existence à plusieurs pôles (métier, vie affective, famille, vie intérieure, entretien de son corps) sans en sacrifier apparemment aucun.

Sérénité constante, disponibilité aux autres, multiples intérêts, les vrais maîtres du temps, parce qu'ils savent prendre du recul, y ajoutent l'humour.

POURQUOI Y TENEZ-VOUS TANT QUE ÇA ?

En ce qui nous concerne, nous n'en sommes pas encore là. Pour avancer, notre première étape sera d'identifier, puis de surmonter quatre obstacles préalables :

- *Nous ne nous connaissons pas assez nous-mêmes.*
- *Nous ne connaissons pas assez bien le temps.*
- *Nous nous laissons trop encombrer par nous-mêmes et par les autres.*
- *Nous ne réfléchissons pas assez sur l'emploi que nous faisons de notre temps.*

« Il n'y a pas de vent favorable, énonçait Guillaume d'Orange, pour celui qui ne sait pas où il va. » Il n'y aura pas davantage de maîtrise pour celui qui ne se connaît pas. Or qui d'entre nous peut affirmer savoir clairement : ce qu'il veut dans la vie, ce qui lui fait plaisir, de quoi il est capable, ce que sont ses principales faiblesses, etc. ?

Non qu'il faille tout connaître de soi pour mieux utiliser son temps, ce serait décourageant d'avance, mais il faut au moins avoir pris conscience de ce qui, en nous, peut rendre cet objectif trop difficile. A cet égard, nous ne sommes pas démunis.

Nul ne peut savoir mieux que nous-mêmes les limites de la confiance que nous pouvons nous faire. Personne n'a davantage pâti de nos insuffisances, n'est plus souvent tombé dans des pièges tendus par nous, n'a été plus déçu par nous que nous-mêmes.

Nous avons tous nos dérives. Chacun a déjà ses idées sur la question et a pu en puiser de nouvelles en lisant le début de ce livre. La maîtrise implique de « faire avec » et, pour commencer, d'en dresser un inventaire sans complaisance. Nous verrons plus tard comment nous en servir au mieux.

Ensuite, il faut que nous soyons au clair sur les raisons qui nous font vouloir avancer vers cette maîtrise : devenir plus efficaces ou moins souffrir de nos échecs dans ce domaine ? Sortir d'un stress permanent ou redonner confiance en nous à notre entourage ? Nous lancer dans un projet nouveau ou retrouver le sommeil ? Ou, tout simplement, mieux vivre ?

On ne peut prendre en main son temps que si l'on sait ce qu'on souhaite en faire : en gros et en détail, en fin de compte ou par étapes.

UNE ÉDUCATION MANQUÉE

Il n'y a pas de honte à mal connaître le temps, on ne nous en a jamais parlé.

De l'argent, en revanche, oui. Il a son statut, sa presse, ses champions et ses zélés serviteurs, ses indices, ses palmarès. Du moindre objet, la valeur financière est indiquée par quelque étiquette. Mais a-t-on jamais lu, au dos d'un livre, « 110 francs/ 160 minutes » ?

Le temps, lui, ne s'enseigne pas, sauf pour ceux qui sont payés à l'heure et que l'on doit initier, au début de leur formation, aux exigences de rendement auxquelles ils seront soumis.

Les deux seuls domaines de la vie courante où le temps soit roi sont la cuisine — les temps de cuisson — et le sport — le chronométrage. Mais là, justement, on ne s'intéresse qu'à la durée du phénomène, nullement à son ressenti.

Personne ne nous a appris à observer la manière dont, au cours d'une journée, ou au long d'un projet, nous utilisons notre temps. Jamais on ne nous a demandé de noter le temps que nous prennent les actes courants de la vie et de réfléchir si nous pourrions en être moins encombrés. Qui nous a indiqué que l'ordre dans lequel nous faisons les choses n'est pas sans conséquences sur le temps qu'elles vont nous prendre, ni même sur le plaisir que nous pouvons y trouver ?

Or la plupart de nos stress et dérapages découlent des appréciations erronées de durées. De même qu'une inattention aux délais est cause de nombre de nos surcharges et de nos déceptions.

On nous a même fait croire qu'après le travail le temps changeait de nature et que l'on pouvait le traiter tout autrement. Que nous souhaitions changer d'humeur ou d'attitude en passant du travail au foyer relève d'un choix personnel. Mais que nous fassions comme si, de ce fait, le temps changeait de texture ou de vitesse, est source d'erreurs d'appréciation en chaîne.

La maîtrise du temps n'est pas une attitude intermittente. Ou elle s'applique aux 24 heures de la journée, ou elle n'est qu'un leurre.

Comme si l'on suivait un régime à déjeuner, mais pas au dîner.

Si cette culture vous avait été inculquée au moment voulu, pourquoi seriez-vous en train de lire ce livre ?

FAIRE LE MÉNAGE DANS SA TÊTE

La prise de conscience de ce qui encombre sans raison notre temps est aussi indispensable que terre à terre. Il s'agit de faire le ménage.

Chez nous, dans chaque pièce, sur chaque bureau, traînent des objets, des papiers inutiles, jamais utilisés, des attrape-poussière que nous avons oubliés à force de les voir. Un jour, on s'avise de tout regarder d'un œil neuf et, en quelques instants, ils disparaissent sans remords, à la poubelle ou au grenier. Notre temps est ainsi jonché de routines ou d'obligations à éliminer.

Comme elles risquent de n'être pas aussi facilement repérables à l'œil nu, nous verrons en détail les moyens de les identifier avant de nous en débarrasser. Retenons d'emblée qu'elles nous viennent de trois sources : les autres, nous-mêmes et, plus particulièrement, notre mémoire.

Les autres : une liste impressionnante de « oui » qui auraient dû être des « non » — pas toujours par faiblesse ou gentillesse, souvent par simple manque de réflexion — et qui s'additionnent en heures et en jours aliénés sans raisons ni profit.

Nous-mêmes : tous ces gestes que nous accomplissons par habitude, comme, par exemple, faire chaque jour des rangements ou des contrôles, pourraient nêtre effectués qu'une ou deux fois par semaine.

Une place toute spéciale doit être réservée au désencombrement de la mémoire.

Vouloir se souvenir de tout est aussi courageux et inutile que de gravir à pied dix étages quand il y a un ascenseur. Efficace pour se muscler, mais pas astucieux quand on est pressé.

On connaît l'anecdote : Einstein, à qui l'on demandait son numéro de téléphone, consultait l'annuaire en expliquant que ce n'est pas la peine de retenir des chiffres que l'on peut se procurer si facilement. A l'ère où tout ce que nous avons besoin de savoir sera bientôt disponible sur Internet, cette blague reprend de l'actualité.

La maîtrise n'est pas seulement un savoir ou une attitude, mais d'abord une pratique. D'où la nécessité préalable d'examiner l'emploi — horaire, quotidien, hebdomadaire, mensuel, annuel et existentiel — de notre temps.

UNE PHILOSOPHIE DE VIE

Même s'il n'aura jamais de diplôme, un maître de son temps peut espérer quelques bénéfices :

- Il sait à tout moment à quoi il veut utiliser son temps.
- Il connaît ses manques, ses dérives, et a appris à ruser avec eux.
- Il a évalué combien de temps lui prend chaque acte ou phase de vie.
- Il ne vit qu'un seul temps — professionnel ou personnel, de routine ou d'exception —, le sien.
- Il désencombre sa mémoire du « quoi » au profit du « comment » et du « pourquoi », car il dispose de mémoires annexes qui lui permettent de ne rien oublier.
- Il sait réfléchir chaque jour sur l'usage qu'il fait de son temps en fonction d'objectifs clarifiés.

Il ne suffit certes pas d'écrire cette liste, ni même de l'apprendre par cœur. Dans ces différentes voies, ce n'est qu'avec une motivation forte qu'on pourra entreprendre cette quasi-rééducation.

Motivation, d'abord, car on ne se lance pas dans une telle entreprise sans s'y encourager par une vision claire des bénéfices qu'on peut en retirer.

La maîtrise du temps n'est pas seulement une arme anti-stress, c'est aussi une philosophie de vie.

Chacun sent bien qu'avec la santé le temps est notre seule vraie richesse, la monnaie dans laquelle sont converties toutes les expériences de notre vie. Ne pas payer trop cher, ne pas dépenser bêtement, ne pas dilapider un irremplaçable capital : quand on a compris qu'il s'agit de vie, ces notions gestionnaires deviennent moins désincarnées.

Nous sentons bien que l'argent n'est rien par rapport au temps. Quand la justice veut punir, amende ou saisie ne sont que peccadilles. Seules les peines qui privent du temps de liberté sont redoutées. La plus barbare, la mort, est celle qui supprime d'un coup tout le temps qui reste.

Parce que le temps est la trame même de notre vie, sa maîtrise mérite la priorité absolue. Qui accepterait délibérément de gâcher sa vie, fût-ce un peu ?

LA GESTION N'EST PAS LA MAÎTRISE

L'empereur Titus, un libéral qui construisit le Colisée au Ier siècle après J.-C., se demandait chaque soir : « Ai-je bien utilisé mon temps ? » Ceux d'entre nous qui en font autant sont contents, malgré la fatigue, lorsque leur journée s'est déroulée de façon harmonieuse, sans gaspillages, conformément à leurs objectifs ou prévisions.

En revanche, c'est le malaise vespéral lorsque, en réponse à la même question, nous revivons toutes ces attentes inutiles, ces interruptions en cascade, ces délais manqués, une précipitation qui nous laisse meurtris comme si nous avions dévalé au bas d'une pente.

Il existe une différence essentielle entre maîtrise et gestion du temps. La seconde, qui fait l'objet d'un nombre considérable d'ouvrages et de séminaires, surtout aux Etats-Unis, a pour but de « gagner une heure par jour » ou d'« accomplir davantage dans la même journée ». Mais l'efficacité accrue n'est qu'une partie de notre problème de temps.

Si l'on aspire à maîtriser son temps, c'est pour vivre mieux, pas seulement pour gagner du temps. Au fil de ces pages, vous avez déjà mesuré la dimension globale du temps dans votre vie quotidienne. Toutes les prises de conscience que vous avez pu faire en témoignent.

En avançant vers la maîtrise, on fait un travail sur soi-même, on réfléchit à la manière dont on vit, et chacun en tire les conclusions qu'il juge utiles. La démarche est donc plus profonde et, espérons-le, plus féconde que celle d'une amélioration des performances.

Contrôler et gérer son temps permet un enchaînement mieux coordonné, mais ne nous assure pas l'essentiel, c'est-à-dire une vision d'ensemble, voire (on peut rêver) un sens. Aussi est-il naturel de rapprocher cette recherche de maîtrise de certains préceptes courants dans les sagesses orientales :

- « *Le but compte moins que le chemin pour y parvenir* », ou encore : le résultat est moins important que le travail qui nous permet de l'obtenir.
- « *On ne domine bien que ce par rapport à quoi on a pris ses distances* », une maxime déjà plus applicable au jour le jour. Ce qui nous habite, et nous obsède, nous tient. Rage, passion ou simple contrariété, nous y restons soumis tant que nous ne parvenons pas à dire : « J'éprouve de la rage, mais je ne suis pas cette rage, je pourrais donc aussi bien ne plus l'éprouver tout à l'heure. »

Cette distanciation, cette désidentification par rapport à ce qui nous trouble, est indispensable pour nous permettre d'analyser et de comprendre la nature de la difficulté. Une démarche préalable à toute maîtrise.

L'IMAGE DU MAÎTRE DU TEMPS

On peut se faire de celui qui est devenu maître de son temps différentes images. Il peut être cet impeccable programmateur, calculateur expérimenté, organisateur méticuleux, qui ne se laisse surprendre ni atteindre par aucun imprévu. Ce ne serait déjà pas si mal.

Mais je l'aime mieux sous les traits d'un penseur attentif et souriant qui danse, dans sa tête, d'un instant sur l'autre.

Connaisseur de lui-même et de la réalité, il ressent le moment qui passe, sait en profiter (et peut donc aussi en souffrir), mais s'y adapte vite. Il sait faire alterner périodes intenses et périodes rêveuses, car il connaît le prix des transitions. Le changement est son élément et l'aide à exister, depuis qu'il n'en a plus peur. Tous sont surpris de sa disponibilité, quelques-uns se demandent même s'il n'est pas sous-occupé. Il le sait et aime à en rire. Autour du temps, il est mobile.

Vous pouvez vous fabriquer un tout autre personnage à votre guise. Un modèle qui vous sera des plus utiles pour vous soutenir le long d'un chemin dont les débuts ne seront pas toujours dansants. Car le monde réel permet rarement une maîtrise complète. Il était utile de la décrire ici comme un horizon, une référence. Mais, dans notre vécu quotidien, les contraintes demeurent.

Pour maîtriser son temps, on a l'impression qu'il faudrait d'abord être son propre maître, sans patron, sans chef, sans subordonnés, sans famille même. Or, sauf coup de lune, il n'est pas question de repartir de zéro. D'où l'objection : « Tout cela ne concerne que quelques privilégiés. Ce n'est pas applicable à mon cas particulier. »

Et si c'était une excuse pour ne pas essayer ? Aucune de nos vies n'est idéale, donc chacune a besoin de progresser. Un peu, beaucoup, globalement ? Ça dépendra moins des circonstances spécifiques à chacun que de l'énergie que nous sommes prêts à investir dans leur transformation.

On en revient toujours à la motivation qui, bien plus que la discipline, est, à l'ère moderne, « la force principale des armées ». Il est donc temps d'explorer comment la trouver en soi pour ces changements et, surtout, pour la conserver précieusement.

ORGANISÉ MAIS LIBRE

« Comment ! Je me débats déjà au milieu de plein de contraintes qui me compliquent la vie, et vous voulez que j'en rajoute d'autres ? » L'objection fuse, presque automatiquement, devant toute tentative de maîtrise (de son corps, de soi-même, du temps).

A nouveau, la comparaison avec la diététique est éclairante. Ceux qui veulent maigrir le font parce qu'ils ne se sentent pas bien dans leur peau ni devant leur glace. Mais, s'ils sont gros à leurs propres yeux, c'est souvent pour avoir chaque jour arbitré en faveur de petites gratifications immédiates (une bouchée de plus) au détriment d'une grande satisfaction à long terme (se sentir bien et beau).

Or une nouvelle diététique consiste à renoncer, tout de suite et pour longtemps, à ces gratifications, en continuant un certain temps à supporter les inconvénients d'une corpulence qui ne disparaît pas subitement. Il s'agit donc d'affronter de son plein gré une période austère en vue d'un bénéfice probable, mais lointain.

Ce ne doit pas être facile, puisque les échecs sont si fréquents. Pour trouver la force d'y parvenir, il faut, ou bien que la situation soit devenue intolérable, ou bien que l'austérité requise puisse trouver des compensations dans d'autres domaines (la jeune fille amoureuse se met à maigrir si sa sexualité est devenue plus gratifiante que son alimentation).

Par la maîtrise du temps, chercher à passer d'une situation de tension pénible à un état de sérénité est, en même temps, plus efficace. La mauvaise nouvelle, c'est qu'il faut, au début, accepter une période de plus grandes contraintes. Mais, bonne nouvelle, les résultats peuvent être beaucoup plus rapides qu'en matière d'amaigrissement.

Cela me rappelle un souvenir personnel : après avoir perdu douze kilos que j'avais en trop, combien de fois n'ai-je pas souri en entendant : « Pourquoi faites-vous un régime puisque vous êtes mince ? » Les gens paraissaient décontenancés par l'évidence de ma réponse : « Mais c'est *parce que* je fais un régime que je suis mince ! » Ce sont les mêmes qui me disent : « Comment quelqu'un d'hyperorganisé comme vous trouve-t-il le temps de vivre ? » et qui restent sceptiques quand je leur dis : « C'est *depuis* que je me suis organisé que j'ai plus de temps pour vivre. »

La liberté n'est plus au bout du fusil mais de l'organisation. Peut-on imaginer motivation plus attirante ?

6

S'OFFRIR DU TEMPS

DEVANCER L'ÉVÉNEMENT

Au sommet du slalom olympique, les champions attendent le départ, en silence. Casque et lunettes masquent leur visage. Au bout de leurs bras pliés devant eux, leur main droite esquisse un geste sinueux comme le parcours qu'ils vont eux-mêmes décrire entre les piquets. Les yeux fermés, ils regardent intérieurement la piste où tout va se jouer en moins de deux minutes.

Juste avant de bondir dans la pente, ces skieurs de pointe en repassent tout le tracé dans leur tête. Ils se répètent le parcours qu'ils devront suivre sans avoir le temps de réfléchir. Pour être au summum de leur efficacité, cette concentration préalable leur est indispensable.

Qui de nous, à la veille d'une conversation délicate, d'un discours à prononcer, d'une épreuve à passer, n'a pas ainsi récapitulé mentalement les arguments, les points essentiels, les pièges possibles ?

Confrontés à une phase décisive ou dangereuse de notre vie, l'inconnu nous inquiète. Pour l'apprivoiser, nous l'imaginons par avance, nous essayons de prévoir les situations possibles et nos réponses ou réactions.

Malheureusement, ce qui devrait être concentration féconde tourne trop souvent, dans ces cas-là, à l'angoisse. Et cette démarche est en général réservée à des moments d'exception, alors qu'elle pourrait devenir un excellent instrument de travail quotidien. Car si nous ne pouvons rien changer au cours du temps, nous disposons d'un atout capital : *grâce à notre cerveau, en anticipant l'événement, nous pouvons le devancer. Et nous sommes les seuls êtres vivants à jouir de cette faculté.*

L'art du temps consistera à exploiter à fond cet atout. Si nous y réfléchissons bien, combien de fois, déjà, n'avons-nous pas regretté de ne pas avoir anticipé des conséquences qui, pourtant, étaient prévisibles ?

VOULOIR PUIS CHOISIR

Pour mettre en œuvre les avantages que nous confère l'imagination, nous disposons de trois pouvoirs distincts : prévoir (dans un mois, je pars pour Biarritz) ; vouloir (je vais en profiter pour me mettre au surf) ; nous préparer (je ne me sens pas en forme, mais, d'ici là, je vais travailler mon équilibre sur une planche à rouleau).

Dans une société complexe, chacun est obligé de prévoir. Sinon, pas de places assises dans le train, plus d'argent en fin de mois, rien dans le réfrigérateur à l'heure du dîner. Cette activité de programmation peu originale, dont le minimum commence par l'utilisation d'un agenda, peut toujours être améliorée. Car elle est à la portée de tous et rend la vie plus agréable.

Vouloir est en général plus difficile à formuler. Nous pensons savoir ce que nous voulons, mais, quand nous y regardons de plus près, le vague l'emporte sur la précision.

Quant à nous préparer, suite logique de prévoir et vouloir, ce n'est l'apanage que d'une minorité d'entre nous. Comme si le passage à l'acte, même celui que nous désirons, n'allait jamais de soi.

Ce pouvoir remarquable que nous avons de

bâtir des projets, de les préparer, comparé à l'usage très partiel que nous en faisons, mérite examen. Toute reprise en main de notre temps commence par cette investigation lucide.

Plutôt que libres et décisifs, nous semblons ballottés par des contraintes (trouver un emploi, nous procurer un logement), des pulsions (nous marier, faire des enfants) ou des incitations extérieures (consommer). Ce qui paraît suffire à la plupart d'entre nous pour s'occuper, avec le sentiment rassurant d'avoir constamment quelques projets à l'esprit. Mais sont-ils authentiquement nôtres, les avons-nous choisis et y pensons-nous régulièrement ? Posée à brûle-pourpoint, la question suscite des réponses évasives.

Or, sans exercice permanent de notre volonté, sans objectifs clairs, la maîtrise du temps reste illusoire. Elle se réduit à des trucs de gestion du temps, comme la manière de mieux utiliser notre téléphone et d'éviter les réunions trop longues.

S'il convient de structurer notre temps autour de nos objectifs, c'est que, *comme l'art de gouverner, celui du temps consiste à choisir entre nos projets possibles, mais bien trop nombreux.*

QUE FAIRE MAINTENANT ?

La seule question importante de la vie, disait un humoriste britannique, est : « Qu'est-ce que je fais maintenant ? » Il est vrai que nous nous la posons en permanence. « Est-ce que je me lève ? — Qu'est-ce que je vais mettre ? — Qui dois-je appeler ? — N'est-ce pas le moment de passer à autre chose ? — Vais-je poser une question ? — Dois-je insister ? — Qu'est-ce qu'on fait ce soir ? — A quelle heure vais-je rentrer ? » Faire, faire, faire... Notre vie se déroule en une série d'actions qui s'enchaînent au gré des réponses que nous apportons à ces brassées de questions, souvent sans même y penser.

Même si nous sommes faits pour l'action — même ceux qui se disent paresseux supportent rarement la véritable inaction —, nous préférons que les réponses aux « Que faire maintenant ? » soient assez prévisibles. Bref, nous sommes routiniers, même si nous sommes persuadés du contraire. Les choix automatiques — nous laver les dents, partir au travail — nous conviennent bien. Une vraie décision peut sembler fatigante et nous pousser à éluder.

Il y a une dimension philosophique dans notre rapport à l'action. Ce n'est que par nos actes choisis, originaux, différents, inventifs, bref, novateurs et bien à nous, que nous existons, que nous sommes sûrs d'exister. Ils nous rendent perceptibles aux autres et nous donnent un indispensable sentiment de vitalité.

Agir n'a rien d'original, tout vivant le fait. Quand nous rencontrons quelqu'un, il ne nous demande jamais : « Qui êtes-vous ? », mais : « Vous faites quoi ? » Oui, justement, quoi ? Là s'expriment les différences entre nous et les autres. D'où l'importance cruciale de nos projets, grâce auxquels nous dépassons la simple routine ou la réaction quasi automatique aux sollicitations de l'entourage.

Apprendre à mieux utiliser notre temps n'a de sens que pour le transformer en projets — y compris celui de ne rien faire à certains moments — qui lui donnent son vrai sens. Et nos projets s'expriment en objectifs, eux-mêmes classés selon des priorités.

Ces objectifs n'ont pas pour seule fonction de faciliter la planification de nos activités. Ils leur donnent un sens et permettent d'en apprécier les résultats.

OBJECTIFS : LES MIENS OU CEUX DES AUTRES ?

Avant d'entrer dans le processus d'établissement de ces objectifs, assurons-nous que ceux-ci sont bien les nôtres, et non ceux des autres. Entre ceux que nous avons intégrés en droite ligne de nos parents, ceux de l'organisation à laquelle nous appartenons, ceux qui résultent de la pression affectueuse de nos proches et ceux que nous imposent nos principes, quelle place reste-t-il pour nos aspirations légitimes ?

Légitimes ? Le droit d'avoir ses propres objectifs n'est pas évident pour tout le monde. L'ambiance judéo-chrétienne dans laquelle nous avons été élevés prône subtilement l'effacement de soi. Et faire nôtres les objectifs que les autres projettent sur nous nous évite de nous poser des questions trop approfondies sur nous-mêmes. De ce fait, toute démarche pour vivre mieux suppose un minimum d'égoïsme tempéré. Certains n'ont rien à prouver en ce domaine, d'autres devront se faire douce violence et commencer par tirer un peu plus la couverture à eux.

Petit exercice facile et concret : examinez vos horaires, votre mode habituel de fonctionnement, afin de distinguer les activités que vous avez librement choisies et celles qui ne font que répondre aux nécessités et aux demandes de votre entourage, professionnel ou familial.

Il est très instructif de redécouvrir son emploi du temps en se demandant à chaque étape : « Est-ce bien moi qui l'ai voulu ? »

Attention, pas question pour autant de se prendre pour un martyr, ni d'exagérer les sacrifices. Sauf névrose de persécution, nous partageons avec nos semblables une certaine tendance à l'hédonisme, même si elle reste trop rarement explicite. Il y a deux mille cinq cents ans, Bouddha affirmait déjà que la première recherche de l'homme devait être d'éviter la souffrance.

Vingt-cinq siècles plus tard, le biologiste Henri Laborit, s'appuyant sur ses expériences et l'analyse de la structure du cerveau, affirme : « Tout ce que nous faisons a pour but la recherche du plaisir » — et, au moins, d'éviter le déplaisir.

SE RECONNAÎTRE LE DROIT AU PLAISIR

Le mot plaisir, nous l'acceptons difficilement pour nous-mêmes, car il reste mal vu par l'inconscient collectif. Que penserait-on de quelqu'un qui déclarerait : « Moi, mon seul objectif dans la vie, c'est de me faire plaisir » ? Un égoïste, un jouisseur artificiel ? Pourtant, la seule différence entre nous et lui, insiste Laborit, c'est qu'il le dit, alors que nous, nous le faisons sans le proclamer. Ou plutôt, sans nous en rendre compte.

— Mais, enfin, je consacre une bonne part de mes journées à des tâches dont je me passerais bien !

— Certes. Mais, d'une part, elles vous donnent les moyens de vous procurer ce qui vous fait plaisir ; d'autre part, vous évitez là un déplaisir beaucoup plus grand, comme celui d'être désœuvré, sinon chômeur.

— Peut-être. Mais il y a des actions que j'assume par pur devoir, parce que j'y suis obligé pour des raisons amicales ou familiales. Elles ne me rapportent rien, que des tracas.

— Pas sûr. Et la valorisation de vous-même, à vos yeux comme à ceux des autres ? Un plaisir essentiel.

— Et les masos qui se font du mal ?

— Justement, ils aiment ça.

— Mais, à l'extrême, si l'on en vient au suicide, ce n'est quand même pas pour se faire plaisir ?

— Si, en quelque sorte. Si l'on se tue, n'est-ce pas pour mettre fin à une souffrance qu'on juge, à tort ou à raison, pire que la mort ?

Introduire, au début d'une réflexion sur les objectifs de vie, ce principe de plaisir ou de non-souffrance, c'est s'offrir un peu plus de lucidité sur soi-même. Et s'il n'y avait pas d'altruistes, mais seulement des égoïstes, que leur programmation personnelle conduit à trouver leur plaisir dans celui qu'ils donnent aux autres ?

Et si nos « devoirs » étaient, ou bien les preuves dont nous avons besoin pour nous sentir « quelqu'un de bien », ou bien d'inutiles contraintes dont nous n'avons pas encore eu le courage de nous débarrasser ? Le message des bouddhistes, rejoints par Laborit et bien d'autres, est celui d'une modestie joyeuse.

Ne nous faisons pas plus méritants que nous ne sommes, et *admettons notre envie de réussir notre vie, puisqu'il est certain que nul ne s'en chargera à notre place.*

LE PROJET DE MIEUX VIVRE

Le plus beau des projets n'est-il pas de mieux vivre ? Une motivation suffisamment forte pour nous perfectionner dans l'art du temps ne peut se contenter de la seule amélioration de ses performances professionnelles. La promesse d'un surcroît de qualité de vie personnelle paraît indispensable. Et là, chacun peut y trouver des objectifs très gratifiants.

Examinons donc ces quelques domaines de notre vie privée, personnelle, bien à nous, pour la satisfaction desquels la plupart d'entre nous estime manquer de temps. Ne serait-ce pas le moment de décider d'y remédier ? A propos de chaque point évoqué ci-dessous, posons-nous quatre questions : Cela me concerne-t-il ? Où en suis-je aujourd'hui ? De là, où aimerais-je aller ? Dans quels délais ?

Temps du corps

Avant vingt-cinq ans, à moins d'être sportif dans l'âme, on s'en occupe peu. La jeunesse s'en charge ; pour le reste, on verra plus tard. Après vingt-cinq ans, beaucoup sont tellement sollicités par la construction d'une carrière et/ou d'une famille, que le seul temps qu'ils concèdent à leur corps sont les heures de sommeil qu'ils essayent de récupérer sur un fond de déficit chronique.

Après trente-cinq ans, à ce régime, les mauvaises habitudes sont prises et l'on met au chapitre « bonnes résolutions » de début d'année — cette fois-ci c'est juré — d'y faire quelque chose.

Mais, plus le temps passe, plus le rattrapage est pénible à mettre en œuvre. Or notre corps est à la fois le récepteur et l'amplificateur de toutes nos sensations, c'est-à-dire de nos plaisirs. Les plus simples — respirer l'air frais du matin ou l'odeur du pain qui cuit — comme les plus complexes — la sexualité. Meilleur est notre état, plus intense et profond est notre plaisir.

Et puis, nous sommes partis pour vivre plus longtemps que nos parents, il faut donc non seulement durer, mais nous sentir bien le plus tard possible.

Entretenir, entraîner, soigner, embellir notre corps prend du temps ; n'est-ce pas une priorité naturelle ?

DISTRACTIONS ET PLAISIRS

Temps des loisirs

A part la télévision (mais pourquoi pas ? chacun aura bientôt chaîne à son goût), nous avons nos loisirs favoris. Les ballets ? Les dîners entre copains ? Les concerts de rock ? Les matches de basket ?

Savons-nous toujours nous amuser, ou bien avons-nous un peu oublié ce qui nous faisait si plaisir à dix-huit ans ?

Nous coucher tard en semaine devient trop fatigant, sortir sans les enfants est compliqué et coûteux. Et puis, si nous vivons à deux, l'autre n'a pas forcément les mêmes références ni les mêmes envies.

Alors... la télévision ? Mais, à force de nous endormir devant son écran, nous finissons par éprouver un sentiment de défaite. L'énergie de nous cultiver, de découvrir, de partager ne s'est-elle pas amenuisée contre notre gré ?

Peut-être faudrait-il décider de nous offrir un soir par mois, bien à nous, que nous consacrerions exclusivement à ce qui nous plaît. Et s'il faut, pour cela, une organisation nouvelle, ne serait-ce pas le moyen de nous prouver que nous n'avons pas renoncé ?

Temps de la sensualité

Faire l'amour ne demande pas que du désir et de l'énergie. Il faut du temps. Beaucoup si l'on vit seul et s'il faut inclure la recherche ou l'entretien d'une ou plusieurs relations. Même au sein du couple, un véritable échange sensuel ne s'expédie pas en luttant contre le sommeil ou en essayant de ne pas réveiller les enfants.

Et quand ça se passe bien, n'avons-nous pas l'impression, le fantasme, qu'il y a encore tant à découvrir ? Savons-nous donner du plaisir à l'autre ou manquons-nous de temps pour explorer, pour en parler, pour que les corps s'inventent des heures privilégiées ?

Savons-nous oublier tout ce qui nous sollicite par ailleurs, pour offrir à l'autre une vraie disponibilité ou, tout simplement, pour mieux connaître notre corps et ses réactions ?

Sommes-nous même bien convaincus qu'il soit légitime de consacrer du temps à notre sensualité ?

ENTRE L'HYPERMARCHÉ ET LES ANTIPODES

Temps de la consommation

Un des meilleurs moyens d'économiser de l'argent, c'est de ne pas avoir le temps de le dépenser. Le shopping fait partie des amusements contemporains, voire des frénésies compensatrices. Mais il peut devenir aussi frustrant que la boulimie. Comme on mange sans plaisir, sauf celui de se remplir, on achète sans choisir, faute de temps.

Certains managers ne trouvent le temps de s'acheter des chaussettes qu'en voyage d'affaires, puisque c'est là qu'il leur arrive d'avoir une heure à tuer. Quant aux parents, leur temps de shopping s'épuise vite en visites obligatoires à l'hyper, le samedi matin, afin de remplir le frigo pour la semaine. Et s'il nous arrive d'avoir du temps pour faire des courses personnelles, ce n'est pas sans mauvaise conscience.

Quant aux objets achetés, avons-nous le temps d'en profiter, voire simplement d'apprendre à nous en servir ? La consommation n'est pas aussi valorisante que la culture, mais elle détend. Faute de pouvoir y consacrer assez de temps, le plaisir s'efface et nous achetons de plus en plus mal, puisque nous n'avons pas le temps de chercher et de comparer. Vivement le e-shopping sur Internet !

Temps des voyages

Voyager prend du temps, et c'est ça qui est bon. Du temps autrement, et ailleurs, voilà ce que nous garantit un déplacement. Avec, en prime, la découverte, la connaissance du monde où nous sommes, mais c'est presque accessoire. Un voyage réussi, c'est comme une méditation active. Pendant des jours entiers, on voit, sans efforts, les choses et soi-même différemment.

Combien de fois sommes-nous revenus de voyage en ayant pris une décision dans un domaine de notre vie qui n'a rien à voir avec le lieu où nous étions ? Le simple changement de lieu nous avait permis un dialogue intérieur plus direct. Ce n'est pas un hasard si, pour une ou deux générations, « voyager » était synonyme de prendre de la drogue.

Quand on en a les moyens, on voyage jeune. Puis les contraintes entre vingt-cinq et quarante ans nous saisissent et ça devient plus difficile. Mais il faut essayer de ne pas cesser complètement, ne serait-ce qu'à cause des vertus thérapeutiques du voyage, pour un couple qui veut se retrouver lors d'une phase problématique de la vie, ou pour établir un contact nouveau avec ses enfants. Le temps du voyage vaut l'effort qu'il suppose. Combien d'années ont passé depuis que vous en avez fait un vrai ?

REPOS ET LECTURE

Temps du repos

« Il sera toujours temps de se reposer quand on sera morts », disait, à l'enfant que j'étais, une vieille cuisinière normande. Si vous êtes en train de lire ce livre, vous devez faire partie de ceux qui ont adopté cet adage. D'accord, ce n'est pas passionnant de se reposer, tant la vie est riche et intéressante. Mais — voir « Temps du corps » —, savoir se ménager peut faire la différence entre le plaisir et le malaise, l'optimisme et la déprime.

Combien de fois n'avons-nous pas été surpris de l'humeur de rêve dans laquelle nous nous réveillons, après la première bonne nuit depuis longtemps ? Ceux qui courent après leur temps finissent par oublier qu'on ne peut pas se passer complètement de repos. Même un événement heureux n'en est pas moins fatigant. Epuisés, les parents d'un nouveau-né ; vanné, le patron qui fait sa mise en bourse ; lessivé, le chirurgien qui a réussi une greffe du rein ; morts de sommeil, les jeunes mariés, à la fin du plus beau jour de leur vie.

Le temps du repos, il faut seulement ne pas le sous-estimer pour ne pas passer à côté de beaucoup des meilleurs moments de la vie.

Temps de la lecture

Au moins certains insomniaques s'instruisent-ils. Mais, si l'on a besoin de sommeil, quand lit-on dans cette vie tendue ? Les journaux effleurés, les livres à peine entamés nous font honte et envie. Quand nous passons devant une librairie, nous détournons parfois les yeux pour ne pas raviver nos regrets.

Quelquefois, pleins d'espoirs ou d'illusions, nous achetons quand même le livre convoité et le plaçons sur notre table de chevet. Comme si, la nuit, par osmose, il allait nous imprégner. Et quand arrivent les vacances, la pile des non-lus est là, toute prête à sauter dans la valise. Avec un peu de chance, en effet, quelques-uns d'entre eux seront lus pendant ces instants privilégiés.

Une question personnelle : ce livre, oui, celui que vous avez précisément entre les mains, combien de temps s'est-il écoulé entre le moment où vous l'avez acheté et maintenant ?

On a dit de la lecture que c'était un « vice impuni ». De nos jours, son absence devient un remords lancinant.

Le pire, c'est que, si l'on parvient, en pleine journée, à voler une heure de lecture, elle est accompagnée de culpabilité, comme s'il devait y avoir toujours mieux à faire. Vive les transports en commun ! On y lit avec bonne conscience.

AIMER ET DONNER

Temps de l'amour

On sait qu'il n'y a pas d'amour, mais des preuves d'amour. La plus recherchée reste le temps. Sans présence, sans fréquence, que valent les serments ? L'absence pour cause d'indisponibilité chronique n'est guère propice aux relations sentimentales. Les Américaines disent : « Si vous en avez assez de voir un homme, épousez-le ! »

Encore ne suffit-il pas d'être ensemble. Le temps de l'amour advient quand on s'occupe d'amour. On le fait, on en parle, on lui rend hommage de mille façons symboliques, on sacrifie à des rituels qui manifestent que cet amour existe. Non seulement il faut trouver ce temps, mais il faut le nourrir d'une attention toute particulière.

Quelle place y a-t-il, aujourd'hui, dans votre vie, pour l'amour ? Y aurait-il davantage d'amour si vous lui aviez accordé un peu plus de temps ? Les erreurs dans ce domaine résultent souvent de l'inexpérience.

Dans nos premières amours, on croit que la magie suffit. Puis on apprend que l'amour est une plante qui s'étiole si elle n'est pas arrosée de temps. A vos tuyaux !

Temps des autres

Certains jours, on dirait que les autres se sont donné le mot pour s'emparer de la totalité de notre temps. Alors, pourquoi penser à leur en consacrer davantage ? Il ne s'agit pas forcément des mêmes. Il y a les autres « obligatoires », famille, collègues, partenaires de tel ou tel projet, et ceux que l'on aimerait voir plus souvent. Oui, l'amitié ne se porte plus très bien de nos jours, rouillée, faute de temps. Comme les voyages, elle fait souvent partie de ce que l'on doit sacrifier pendant les années « encombrées » de notre vie. Si l'ami nous manque, un nouvel effort est peut-être possible.

Mais les autres, ce sont aussi des anonymes, ceux auxquels on ne pense qu'à l'annonce des tragédies et des catastrophes, ceux qui ont, de naissance ou à cause des circonstances, moins de chance que nous. Leur donner autre chose qu'un chèque n'est pas toujours dans nos moyens, surtout si nous avons déjà charge d'âme. Il se peut, toutefois, que le temps de la solidarité nous soit aussi nécessaire que celui de l'amour ou du plaisir. Eux en ont besoin et, quelquefois, nous aussi.

JOUER EN FAMILLE

Temps de la famille

Tout le monde n'a pas de famille, mais ceux qui en ont un peu-beaucoup savent que c'est un ogre de temps. On a moins d'enfants, on vit souvent éloigné de ses parents, mais les liens familiaux durent plus longtemps, du fait de l'allongement de la vie. On a des pensées bizarres : « Quel âge aurai-je quand mon fils prendra sa retraite ? »

Bien des femmes se retrouvent, vers cinquante ans, écartelées entre leur vieille mère qui se plaint de ne pas assez les voir, leur fille en pleine crise de couple, et leurs petits-enfants qui voudraient une mamie à plein temps.

Mais le temps le plus encombré, c'est celui des vingt ans, au moins, qui s'écoulent entre la naissance de nos enfants et le moment où ils sont censés être autonomes. Pendant ces longues années, les mères stressent et les pères culpabilisent, mais stressent moins. Le temps de la famille n'est jamais suffisant, selon les intéressés. Il fait donc l'objet de négociations permanentes. Car si nous donnions tout ce qu'on nous demande, nous ne nous appartiendrions plus du tout. On ne s'en tire jamais parfaitement.

Temps de la régression

La régression fait partie des techniques thérapeutiques actuelles. Par des méthodes physiques à base de respiration, chacun peut retrouver des sensations de ses débuts dans la vie. Expérience quelquefois limite, mais qui peut faire sauter des blocages affectifs.

De façon moins radicale, il est possible de régresser à sa guise et pour son bien. Depuis quand n'avez-vous pas fait le pitre, chanté à tue-tête — sans composante éthylique — ni fait la bête ? Nous avons tous une part enfantine et animale en nous qui, après l'enfance, perd l'habitude de s'exprimer. Ne cherchons-nous pas à être pris au sérieux ? Est-ce pour cela que nous évitons de montrer que nous pouvons aussi ne pas l'être ?

Jouer avec des petits enfants ou des animaux reste la meilleure occasion de régresser gaiement. Et ce n'est pas juste pour faire plaisir à nos partenaires du moment. Le besoin de jouer, chez les adultes, est en train d'être redécouvert par les psychologues les plus crédibles. Prenons sans remords le temps de le faire.

APPRENDRE ET CRÉER

Temps d'apprendre

Ce n'est pas seulement pour éviter l'A.N.P.E. qu'il est bon de continuer à apprendre tout au long de sa vie. *On sait désormais combien l'acquisition de connaissances comporte un effet anti-vieillissement notable.* Et puis, c'est bon pour l'estime de soi de se dire que l'on peut encore s'initier à l'ordinateur ou apprendre une nouvelle langue.

Mais rares sont ceux qui se mettent au russe pour entretenir leurs neurones ou par simple défi. L'investissement de temps et d'efforts est trop lourd. Il n'y a guère que l'italien que nous, Français, puissions acquérir par jeu et par esthétique. Compléter sa formation est difficile, lorsqu'on mène une vie active et riche en contacts amicaux et familiaux.

Il reste, heureusement, les plaisirs de la poterie, de l'aquarelle ou du bandoléon. Se servir de ses mains, changer radicalement d'activité demande un temps spécifique, qui devient presque une excuse valable pour s'occuper de soi. Ne vous en privez surtout pas, même s'il faut de la persévérance.

Temps de la création

Nos métiers sont trop souvent prévisibles et répétitifs. Et plus les années passent, plus nous y devenons performants, plus le compas de nos activités risque de se refermer. Il nous revient de nous prouver que nous ne sommes pas trop spécialisés ni monocordes. Avec une vie régulière et des contraintes familiales, on se retrouve vite enfermés.

Créer fait appel à d'autres facettes de nous-mêmes, peu importe le domaine. Nous ne devrions pas arrêter d'écrire, de peindre, de dessiner ou de fabriquer des objets, avec les années d'école. Même la photographie ou la vidéo, si l'on préfère les technologies, permet de capter une autre approche du réel où nous évoluons.

Mais, là encore, le temps de la création est très personnel et s'accommode mal des emplois du temps serrés. Pour être sûr d'en disposer, si l'on y tient, on peut trouver des lieux, des stages ou des concours qui justifient une concentration ponctuelle. Nous aurons toujours plus à exprimer que le temps ne nous le permet.

MÉDITATION ET SOLITUDES

Temps de la spiritualité

Il n'y a pas si longtemps, on nous disait encore que, si l'on rentrait en soi-même, ce devait être pour créer ou pour chercher Dieu. Se rendre disponible intérieurement, se soustraire provisoirement aux autres, n'était guère encouragé. Les sagesses orientales nous suggèrent une nouvelle approche : la méditation. Peu importe la forme ou le contenu de cette dernière, elle nous ouvre les portes de notre propre intériorité. Vaste univers à explorer.

Il faut du temps, des dizaines d'années, pour sentir combien de réponses essentielles sont déjà en nous. Il faut avoir l'envie, la méthode et... le temps de les chercher, ou plutôt de s'y rendre vulnérables. D'où la pratique d'une forme quelconque de méditation, pas forcément religieuse.

La spiritualité laïque est promise à un bel avenir dans ce nouveau siècle. Elle dénote seulement que l'interrogation sur le sens de la vie, la nature de la beauté, la présence du mystère existe en chacun de nous. Il suffit, si l'on peut dire, de se placer dans les circonstances propices. Certains ont besoin d'un contact direct avec la beauté, nature ou chefs-d'œuvre humains. Pour d'autres, vingt minutes de silence en zazen leur permettent un voyage intérieur. Mais vingt minutes chaque jour, à trouver.

Temps de la solitude

Peu d'entre nous souhaiteraient vivre en solitaire, mais qui n'aimerait être, enfin, un peu seul ? Même si la solitude a mauvaise presse et si des industries entières se sont développées pour permettre de la fuir. La solitude choisie paraît aux uns inaccessible, la solitude forcée est pour tant d'autres une malédiction. Parlons ici de la première.

Pour certains, c'est à minuit, quand toute la maisonnée est endormie. Pour d'autres, c'est au hasard d'un voyage professionnel, dans le cadre inspirant d'un Novotel de préfecture. Mais il est si facile, alors, de cliquer sur la télécommande.

La solitude n'est pas rompue, juste gâchée. Le tête-à-tête avec nous-mêmes n'est pas toujours bienvenu, mais, s'il n'a jamais lieu, nous resterons toujours ignorants de bien des choses qui nous concernent directement.

Comment organiser un minimum de solitude, à supposer qu'on le désire ? En faire admettre la nécessité à ceux qui nous entourent n'est pas la moindre des tâches. Accepter que l'autre ait besoin de moments sans nous relève de la courtoisie du cœur.

UNE MOTIVATION TOUTE PERSONNELLE

Tout cela est bien tentant, mais n'est-ce pas du rêve ? C'est quand même un comble ! Vous lisez ces lignes parce que vous n'avez pas assez de temps pour faire ce qui, déjà, s'impose à vous, et voici que je vous fais miroiter une brassée d'objectifs nouveaux, encore plus lointains. Pure perversion de ma part ?

De surcroît, c'est d'abord pour des raisons professionnelles que la plupart des gens veulent mieux utiliser leur temps, et tous les projets ci-dessus sont de nature personnelle. Est-ce bien raisonnable ? Plus que vous ne le croyez.

Pour remettre en cause sa manière habituelle de traiter ses heures et ses semaines, il faut d'abord le désirer. Quoi de plus fort qu'une envie de mieux vivre, d'enrichir son existence personnelle ? Tout effort de maîtrise du temps ne manquera pas d'avoir d'heureuses conséquences sur votre vie au travail, mais, pour lancer le mouvement, la promesse de plus de plaisir pour soi fonctionnera mieux.

Mais voici la dernière des objections les plus fréquentes : « On ne peut pas se planifier soi-même comme une entreprise professionnelle.

Dans ma vie privée, j'ai besoin d'imprévu, d'intuitions, d'impulsivité. »

Comme c'est vrai ! Et comme je regrette — presque chaque jour — que nous ne vivions pas dans une société bucolique où s'épanouirait tellement mieux notre spontanéité !

Et si c'était, justement, parce que nous n'appliquons pas un peu d'esprit de système à la poursuite de nos objectifs privés, que les impératifs de notre métier se taillent la part du lion et ne nous laissent que des lambeaux de temps ?

Les crises existentielles se manifestent quand ce qui compte profondément pour nous ne trouve pas place dans le type de vie que l'on mène.

Pourquoi ne pas tendre à nos rêves le secours d'un peu de méthode ?

Une dernière vérification : prenez une feuille blanche et faites le test des « six derniers mois ». Imaginez que vous allez disparaître dans six mois, en pleine santé. Qu'aimeriez-vous être sûrs d'avoir vécu pendant cet ultime semestre ? Vous verrez peut-être apparaître des idées qui ne figurent pas sur vos listes, et vos priorités seront encore plus claires.

Ne gardez, alors, qu'une dizaine d'objectifs prioritaires. Il ne vous restera plus qu'à décider par quel bout commencer.

COMMENT FONT LES CHAMPIONS ?

Avant de vous lancer, un dernier coup d'œil sur les champions du projet réussi.

Une étude menée, sur quinze ans, par Charles A. Garfield, psychologue californien, s'est attachée à comprendre ce que les « individus à hautes performances » avaient de différent des autres. Ses cobayes étaient ceux qui, en sport, éducation, business, médecine ou arts, font sensiblement mieux, vont plus loin que les autres. Il ne s'agit pas de surhommes, mais ils ont en commun une manière particulière d'aborder leurs problèmes, leurs objectifs et leurs risques.

Après avoir examiné le comportement de 1 200 de ces « réalisateurs », Garfield insiste sur quatre caractérisques qui leur sont communes :

- Ce qu'ils font, ils l'accomplissent « pour l'art », en fonction d'objectifs internes exigeants.
- Ils résolvent les problèmes au lieu de rechercher les responsabilités.
- Ils répètent d'avance mentalement les actions et événements à venir.

- Ils prennent leurs risques en confiance, après avoir examiné ce qui peut arriver au pire.

Il n'est pas indifférent de savoir qu'en plus ils savent s'arrêter de travailler, prennent des vacances, évitent le stress, ne se laissent pas envahir par les détails et sont des maîtres de la délégation.

Quant à l'approche « au pire », elle leur permet de désamorcer l'angoisse. Les « performants » de Garfield, avant de se lancer dans un projet, « visionnent », en effet, l'hypothèse de son échec et décident s'ils pourront, le cas échéant, vivre avec. Puis, libérés de l'anxiété de ne pas réussir, ils avancent hardiment dans l'action.

Ce qui nous confirme qu'il ne suffit pas de formuler des objectifs. Il faut ensuite apprendre à les faire vivre dans sa tête, à les réviser, à les retourner sous tous les angles pour anticiper à la fois satisfactions et difficultés. *Si nous visitons nos objectifs à l'avance, nos chances de les atteindre et d'en profiter s'améliorent notablement.*

Cette technique de la « répétition mentale du futur » est adoptée par tous ceux qui veulent se dépasser. On entraîne les champions à s'imaginer le plus intensément possible en train de battre leur record et à sentir ce qui se passe alors en eux. En vivant à l'avance leur performance, ils améliorent leurs chances de l'atteindre. A votre tour !

7

APPRENDRE LE TEMPS

CONFESSIONS D'UN AUTODIDACTE

Le temps n'a jamais été, pour moi, une abstraction. J'ignore pourquoi j'ai pressenti très tôt qu'aussi longue qu'elle soit, la vie passerait vite. J'ai compris également qu'il faudrait, de bout en bout, tenir le coup dans le meilleur état possible. Suis-je un maniaque du temps ? Peut-être, à en juger par deux rituels que je me suis imposés jeune :

- contre la perte des jours, j'écris depuis l'âge de dix-sept ans une page quotidienne de journal ;
- pour tenir la distance, je m'astreins, chaque matin, depuis que j'ai vingt-cinq ans, à 30 minutes d'exercice physique.

Ces petits sacrifices ont probablement pour but d'essayer d'amadouer notre implacable maître, en espérant m'en faire un ami.

Sans fausse pudeur, mais sans prétention, je tenterai donc, dans ce chapitre, de resituer idées et principes à partir de la seule vie dont je puisse parler, la mienne. Car ce n'est ni comme philosophe, ni comme spécialiste de l'organisation, que j'ai compétence à traiter du temps, mais comme simple mortel. Comme vous, je me suis retrouvé, sans préparation, embarqué dans le temps. J'ai tout de suite senti que cette question touchait à l'essentiel. Plutôt que de m'angoisser, j'ai essayé d'y faire quelque chose.

Autodidacte du temps, il m'a fallu des années pour progresser, essayer des systèmes ou des attitudes, mettre au point des instruments. Puis d'autres années pour coordonner ces éléments et parvenir à une certaine cohérence. Entre-temps, j'ai confronté mes préoccupations et mes solutions à celles d'amis ou d'interlocuteurs eux-mêmes fort occupés. Je n'ai jamais cessé, chaque jour, de penser au temps.

Dirait-on de quelqu'un qu'il est un maniaque de la vie ? Si oui, je serais ravi d'essuyer ce reproche car, dans mon système personnel (à chacun le sien), la vie est la valeur suprême.

Pas la foi, pas la patrie, pas l'égalité, pas l'ordre et pas même la justice : la vie, son respect, son culte et son amour, et donc, pas très loin derrière, la liberté.

Tout ce qui perturbe, abîme, dessèche, réduit ou écourte la vie me révulse et je fais tout pour m'en écarter. D'où mon souci instinctif et profond de ne pas gâcher une seule parcelle de mon temps de vie.

LA GLOIRE OU LE BONHEUR

Journaliste, j'approche des individus remarquables. Ecrivains, politiques, entrepreneurs, scientifiques, philosophes, ils ont tous eu des parcours hors du commun. J'observe avec intérêt les grands équilibres de leur vie, car tous, comme vous, comme moi, ne disposent que de 24 heures par jour.

Parviennent-ils à maintenir un équilibre entre les différents pôles d'intérêts et de plaisir de leur existence : carrière, métier, famille, création, plaisirs du corps, culture, voyages, etc. ?

Je suis arrivé à la constatation que, si l'on veut être parmi les meilleurs en quoi que ce soit, il faut accepter, faute de temps, d'être parmi les moins bons dans bien d'autres domaines.

C'est le syndrome du « polar », de son sport favori, de sa carrière, de son hobby, de ses enfants. J'ai observé des artistes qui se coupaient petit à petit de tout ce qui n'était pas leur création. J'ai fréquenté des politiciens qui donnaient la priorité à leurs électeurs, sur leur femme et leurs enfants. J'ai travaillé avec des patrons qui passaient la moitié de l'année hors de chez eux. Mais j'ai aussi observé beaucoup de femmes et d'hommes, tellement jaloux de leur vie de famille, qu'ils se mettaient hors course partout ailleurs et en particulier dans leur métier.

Chaque performance se paie de sacrifices. C'est un choix essentiel et respectable. Mais la vie me paraissait par trop multiple, trop attirante pour l'amputer. D'où mon pari, peut-être le plus déraisonnable : mener tout de front, en négligeant le moins de sources de vie possible.

Je savais qu'ainsi je ne serais jamais le premier nulle part, mais j'avais fait mienne l'idée de Mme de Staël : « La gloire est le deuil éclatant du bonheur. »

Pour pouvoir respecter ces précieux équilibres, j'ai dû apprendre à refuser énormément, et donc à mesurer au préalable la dose de vie de tout ce qui se présentait à moi, depuis une invitation à dîner (vaut-elle les heures de sommeil qu'elle me coûtera ?) jusqu'à la création d'une nouvelle activité (qui va devoir s'en occuper ? Moi ? Au détriment de qui ou de quoi ?).

Pour mieux choisir notre temps, il faut mieux nous connaître, mieux nous informer sur ce que la vie nous propose, et ne pas dire oui trop vite.

DONNER DU TEMPS AU TEMPS

« Il faut donner du temps au temps ! » L'expression de François Mitterrand est devenue une rengaine. Celui qui l'énonce d'un air profond veut, le plus souvent, simplement dire : « Il est urgent d'attendre. »

Je préfère l'exprimer un peu différemment : pour se faire un ami du temps, il convient de le traiter comme tel — en lui consacrant du temps.

Dans tout projet de vie, majeur ou quotidien, le temps est l'élément le moins coûteux, sauf si on l'utilise mal. Plus on peut prévoir, planifier tranquillement, mieux les choses se passeront. En revanche, le temps perdu au départ, par insouciance, coûte fort cher, quand il faut, le nez sur l'obstacle, le rattraper à tout prix.

Les grandes entreprises ou les Etats ont les moyens de se permettre ces hémorragies de temps, pas les individus dotés de peu d'argent et d'une seule vie. D'où la notion de projets et d'objectifs. Pour créer, lancer, explorer, apprendre ou construire quoi que ce soit, il nous faut le désirer, le vouloir et, surtout, le prévoir. Ne disposant que d'une quantité limitée d'énergie/ temps, je suis obligé, pour l'utiliser au mieux, de la mobiliser bien à l'avance.

Evidemment, j'y perds en spontanéité et en insouciance. J'en ai discuté avec ceux qui, « dans leur métier, ne peuvent jamais prévoir », ou qui préfèrent décider à la dernière minute de l'endroit où ils partent, et « trouvent toujours quelque chose ». J'ai observé qu'il leur arrivait de faire parfois un voyage formidable, d'autres fois désastreux. Ma préférence va à plus de régularité, au prix d'un petit investissement de temps, fait à temps.

Un Espagnol a dit que le temps était galant homme. Plutôt que de ferrailler avec lui, j'ai appris à le mettre de mon côté et à obtenir son soutien.

Mieux je suis à même de penser, à l'avance, au temps que va prendre une activité, au moment où il convient qu'elle s'insère, à sa place par rapport à d'autres objectifs, plus les choses se passent à peu près comme prévu.

Lorsque mon projet prend forme, j'éprouve une certaine jubilation à l'avoir pétri de la plus précise des matières premières : le temps.

C'EST MOI SEUL QUI DÉCIDE

Si je laissais à d'autres le soin de décider de mon temps, c'est un peu ma vie que je leur déléguerais. Certes, aucun de nous n'est tout à fait libre. Parce que nous travaillons, nous consacrons chaque jour un bloc de huit à onze heures à l'organisation au sein de laquelle nous œuvrons. Une part plus ou moins importante de l'utilisation de ces heures ne dépend pas de nous. La totalité, quand on est attaché à une chaîne de fabrication, moins de la moitié, quand on est cadre, « libéral » ou dirigeant.

Pourtant, nombre de ceux dont le métier est de décider laissent la routine, leur secrétaire ou leur conjoint organiser leurs heures. Peut-être y voient-ils l'avantage, si leur vie ne leur convient guère, de pouvoir en blâmer quelqu'un d'autre ?

D'instinct, j'ai considéré comme une abdication tout abandon de décision sur mon seul capital irremplaçable. Dans l'Ouest, les cow-boys, quand ils voulaient toucher du doigt leur indépendance, caressaient à leur ceinture la crosse de leur revolver. Moi, je porte mon agenda sur mon cœur et, quand j'ôte ma veste, je le pose sur mon bureau, à portée de main.

Dans ce simple petit carnet s'enregistrent

toutes les transactions, à la Bourse des heures de ma vie. Qui d'autre que moi pourrait arbitrer en connaissance de cause ? Qui peut deviner, à ma place, si tel interlocuteur sera concis ou disert ; si j'aurai besoin de passer chez moi avant de prendre mon train ; si l'importance de telle réunion nécessite une heure de préparation préalable ; si, après ce rendez-vous, je ne devrai pas téléphoner pour vérifier certains points ?

Souvent, mes interlocuteurs me disent : « Voyons-nous ! Nos secrétaires arrangeront ça. » Je leur demande de me passer leur secrétaire, car, pour ma part, je décide moi-même de mes horaires. D'autres me disent : « Dînons ensemble ! Nos femmes arrangeront ça. » On dirait qu'ils ont horreur d'assumer l'organisation de leur vie.

Un emploi du temps ne se gère pas, il se cisèle. Il serait plus raisonnable de déléguer à quelqu'un d'autre son chéquier que son agenda, car l'argent se remplace, pas le temps.

Je mesure que cette liberté est un luxe que ne peuvent pas s'offrir ceux qui travaillent pour d'autres. Avec les agendas électroniques, gérés collectivement, c'est même l'ordinateur qui décide quelle heure de réunion est compatible avec les créneaux de chacun. Astucieux, mais asservissant.

NON, PAS LES MIENNES !

A l'époque où, répondant docilement aux demandes de mon entourage, je bradais encore volontiers les tranches horaires de mes journées, un spot qui passait pendant l'entracte dans des salles de cinéma avait retenu mon attention. On y voyait le petit ours Miko se faire dévaliser son panier d'esquimaux par une forêt de mains avides. Il se cramponnait au dernier en gémissant : « Non, pas le mien ! » J'éprouve le même sentiment possessif et un peu inquiet, à propos de « mes » heures.

Erreur courante, par exemple, de n'inscrire sur notre agenda que les rendez-vous que nous avons avec d'autres. Ce qui confère *de facto* à ces derniers une priorité dans l'attribution de nos heures. Si nous n'y sommes pas attentifs, nous nous retrouvons vite à la portion congrue.

Or les heures décisives, celles qui font la différence, sont justement celles où, en solitaire, nous pouvons réfléchir, étudier, anticiper, créer même. Ce sont les plus importantes, mais nous omettons de les prévoir dans notre agenda. Pour un pas de plus vers l'autonomie, j'ai donc pris régulièrement rendez-vous avec moi-même pour des plages au moins hebdomadaires.

Mais, pour accéder à l'autonomie et au contrôle de son avenir, la tenue de l'agenda, où l'on ne note que les rendez-vous, ne suffit pas. Il faut de surcroît ne rien oublier d'essentiel pour la réalisation de nos projets. Dans un monde foisonnant, aux activités parcellisées, l'oubli est un péché véniel, mais constant.

Nous oublions en priorité nos propres idées, qui nous traversent l'esprit comme des papillons, puis s'envolent si l'on n'a pas à portée de la main de quoi les capturer. On oublie aussi les tâches à accomplir et les engagements pris. On pourrait en faire une loi : le taux d'oubli augmente comme le carré de la suractivité.

Or ce qu'on oublie se venge toujours, nous rattrape au plus mauvais moment, sous forme de perte de temps, d'argent, de force, quand ce n'est pas de face.

La maîtrise de son temps commence par la maîtrise de sa mémoire.

UNE FICHE PAR IDÉE

La mémoire ! Je ne trouve pas la mienne très fiable, ce qui a plutôt simplifié ma démarche. Il me fallait trouver du renfort. Par chance, j'avais hérité trois choses de mon père : une paire de boutons de manchettes en or, l'amour des chiens et l'habitude de faire des fiches. *Ces petits rectangles de papier blanc me sont beaucoup plus précieux que des billets de banque. Je leur dois une grande part de mon efficacité et de ma tranquillité d'esprit.*

Dans ma poche gauche, un petit porte-fiches en cuir noir, comme on en trouve dans les bonnes maroquineries. Une idée me vient, je dégaine : une fiche. On me demande quelque chose auquel je ne peux répondre immédiatement : une fiche. Mais un seul sujet par fiche, que je jette dès que l'idée a abouti ou que la tâche est accomplie.

Comme je ne porte pas, heureusement, tout le temps ma veste, je place des blocs de fiches dans toutes les pièces où je vis, sur la table de nuit, dans la salle de bains. Ainsi, pas d'excuses pour ne pas noter, tout de suite, ce qui me traverse l'esprit et, même si c'est pour dans six semaines, pour ne pas m'en souvenir au moment voulu.

Par exemple, si, dans six semaines, je vais à Londres et que je pense, aujourd'hui, qu'il me faudra emporter la copie d'un contrat, je fais une fiche. J'y inscris la date de la veille du départ et, ce jour-là, elle sortira au moment où je préparerai mon dossier de voyage.

Comment sort-elle ? Grâce à un classeur échéancier en carton, à trente-deux divisions (une par jour du mois, plus une pour ce qui va au-delà d'un mois) que l'on trouve dans toutes les bonnes papeteries et où je classe mes fiches, par date. Je l'appelle ma Mémoire, puisqu'elle débarrasse la mienne de tous ces détails et la rend disponible pour ce qui est important, créatif ou agréable.

Un acte aussi simple que l'utilisation quotidienne de fiches (il m'arrive d'en faire des dizaines par jour) procure une sécurité de fonctionnement qui renforce la confiance en soi. Et, par la même occasion, celle que peuvent nous faire les autres.

Le système des fiches, de par son extrême simplicité, est contagieux. Ceux qui vivent avec moi, ainsi que beaucoup de mes collaborateurs, s'y mettent spontanément. Le matin, pour nous débarrasser des questions pratiques de la journée, ma femme et moi échangeons quelques fiches. Puis nous parlons de sujets plus personnels.

LA FIABILITÉ ET LES MAL ÉLEVÉS

Pour vivre harmonieusement en société, au travail, en amitié, en couple, la fiabilité est une qualité clé, mais rare. Ceux qui font ce qu'ils disent et le font à temps, ceux qui vous « rendent la vaisselle propre », ne sont pas légion et se remarquent. Ce sont, forcément, de bons artisans de leur temps.

Si un individu ne devient vraiment adulte, mature, qu'à partir du moment où l'on peut compter sur lui, il ne doit pas y avoir beaucoup de grandes personnes.

Compter sur quoi ? Le minimum serait un peu d'attention aux autres, et le suivi de cette attention. Partout, dans les entreprises ou les administrations, combien de responsables que leurs subordonnés n'arrivent pas à attraper pour une conversation ou une signature ? Combien d'individus — qui ne sont pas même des personnages — ne rappellent pas, répondent rarement aux lettres, ou ne donnent suite à ce qui a été convenu que très longtemps après, sinon jamais ?

Même en se méfiant des généralisations, il semble que ce laxisme, cette absence de civilité et de respect soient moins répandus au Japon ou aux Etats-Unis qu'en Europe occidentale. N'en vient-on pas à trouver d'une exquise courtoisie quelqu'un qui vous retourne simplement, dans la journée, votre appel ?

Me sentant (est-ce une malchance ?) lié par toute promesse, fût-elle minuscule, il a fallu que je me donne les moyens de les respecter. Autrement dit, ne pas me trouver à court de temps pour accomplir ce que quelqu'un d'autre m'a demandé, et ménager les rappels nécessaires pour ne pas l'oublier. Les fiches me sont là aussi d'un grand secours.

Si beaucoup ne sont pas fiables, ce n'est pas seulement parce qu'ils sont mal élevés. Ils prennent des rendez-vous sans trier et se retrouvent étouffés, ils acceptent trop de contacts et d'obligations et ne font plus face.

Contrairement à ce que croit la majorité des gens, il est beaucoup plus facile de dire « non » que « oui ».

Un oui, c'est déjà un engagement, une option sur l'avenir, une obligation. Mieux vaut en être parcimonieux.

Dire « non », c'est un moment désagréable, mais très vite passé. Surtout quand, avec un peu de gentillesse, on sait y mettre les formes. L'autre est déçu, mais, souvent, comprend. On a envie de dire « oui » pour ne pas déplaire ou pour être bien vu. Mais l'autre ne sera-t-il pas fondé à nous en vouloir davantage d'un « oui » non suivi d'effet, que d'un « non » souriant mais immédiat ?

Pour maîtriser son temps, le petit mot « non » est l'outil le plus simple et le plus utile.

LE STRESS, MON ENNEMI JURÉ

Longtemps, je me suis laissé impressionner par les gens pressés. Jusqu'à ce que je réalise qu'ils étaient surtout stressés.

Je déteste le stress, et je ne suis, apparemment, pas le seul. C'est, en ce début de siècle, ce dont se plaignent le plus les citadins. En France du moins, les sondages l'attestent.

Ce que je redoute le plus dans le stress, ce n'est pas qu'il tue, c'est qu'il empêche de goûter la vie.

A quoi bon travailler pour disposer des aménités de l'existence et les rendre accessibles à ceux que nous aimons, si, par stress, nous ne sommes pas en état d'en jouir ? Comme ce personnage de B.D. qui, au restaurant, déclare, consterné : « Je viens d'avaler le caviar sans m'en apercevoir. »

Jeune manager, il m'a fallu plusieurs années pour me rendre compte que j'étais en train de passer à côté de l'essentiel de la vie (la réflexion, la beauté, le soleil, la saveur des choses, la jeunesse de mes enfants) et qu'il n'était pas nécessaire d'être stressé pour être performant.

J'ai compris que vouloir faire trop de choses en trop peu de temps dénotait un mélange d'inexpérience, d'inorganisation et, souvent, d'insécurité. L'inexpérience, par exemple, ne me permettait pas encore de bien apprécier le temps qui m'était nécessaire pour accomplir telle ou telle tâche. J'ai donc pris le temps d'observer et de mesurer, jusqu'à évaluer, d'instinct, mes propres durées.

L'inorganisation provoquait les erreurs classiques : désordre sur mon bureau — dont le seul spectacle sape l'énergie —, absence de priorités claires — donc difficulté, dans la journée, à savoir où j'en étais —, tendance à faire plusieurs choses à la fois, ou plusieurs fois la même chose ; impression diffuse de course zigzagante.

J'ai compris qu'il fallait cesser de réagir en voulant aller encore plus vite. Au contraire, j'ai cultivé, chaque fois que la machine s'emballait, le réflexe : « Arrête, et mets tout à plat ! » Alors, petit à petit, je suis parvenu à ralentir sans dégradation de mes résultats.

C'est ainsi que s'est installé ce dont je fais maintenant la clé de mon organisation : le « rendez-vous du temps » quotidien, où j'établis un plan de journée, qui me permet de ne plus jamais en perdre le fil.

Je commençais à entrevoir « le » secret...

MON RENDEZ-VOUS DU TEMPS

On éteint l'incendie de forêt par un contre-feu. Pour lutter contre le manque de temps, j'ai compris qu'il fallait consacrer du temps à préparer son usage. En faisant un plan de journée, je peux réfléchir, modéliser ma journée et, déjà, arbitrer entre ce qui paraît faisable, jusqu'au soir, et ce qui ne le sera pas.

Chaque matin, avant même le petit déjeuner, au moment où personne encore ne songe à me joindre, je vis donc une première fois ma journée.

Je prends un formulaire vierge de plan de journée, j'ouvre mon agenda à la page du jour et je recopie, en grand, les rendez-vous déjà prévus. Ce plan, que j'ai choisi de couleur bleue, pour le repérer facilement sur mon bureau, comporte des cases que je remplis en quinze minutes.

Pour cela je prends dans ma Mémoire les papiers classés à la date du jour, je les trie un par un pour inscrire sur mon plan toutes les tâches qui découlent de la consultation de ces fiches et documents. Une case par chose à faire, coup de fil à passer, personne à contacter au travail.

Ensuite, j'ouvre mon téléphone portable pour consulter les messages éventuels. Puis j'en fais autant avec mon ordinateur, pour relever les messages de mon courrier électronique et afficher mon carnet d'adresses. Je réponds immédiatement aux plus urgents et inscris sur mon plan ceux qui peuvent attendre un peu.

Voilà, c'est fait ! Tout ce que je dois faire pendant la journée se trouve sur cette page unique, visuellement accessible. Ce sera mon tableau de bord de la journée. Du moins, tout ce qui est prévisible à ce moment-là, puisque les imprévus ne manquent jamais de se manifester.

Tout au long des heures qui suivent, je garde cette feuille constamment sous les yeux. Ce qui est fait peut être barré, ce qui survient inopinément — Untel a téléphoné, pouvez-vous le rappeler ? — y est inscrit tout de suite. Je vois ainsi, à tout moment, où j'en suis et ce qui me reste à faire.

Vers 19 heures, il est rare que tout soit fait, mais, au moins, j'ai pu choisir, au fur et à mesure, ce qui pouvait attendre, quelquefois jusqu'au lendemain. Je rappelle que le but premier n'est pas d'en faire plus, mais de ne plus me sentir stressé, par débordement et désordre. Le jour suivant, je reporterai l'inachevé sur un nouveau plan. Car je ne réutilise jamais celui de la veille, pour que chaque journée soit neuve.

COMMENT S'Y METTRE ?

On peut pousser plus loin encore l'idée maîtresse de consacrer du temps au temps. Bien que moins indispensable que le « rendez-vous » du matin, s'en ménager un le soir complète l'apprentissage de notre façon de traiter le temps. Si l'on ne prépare pas assez *a priori,* on examine encore moins *a posteriori.* C'est pourtant un moyen simple et rapide de contre-expertise personnelle.

Se remémorer en fin de journée ce qui s'est réellement passé, et pourquoi ça s'est passé ainsi, est peut-être aussi important que d'essayer de l'imaginer à l'avance. Rien ne se déroule tout à fait comme prévu et il faut s'entraîner à faire face aux aléas.

Là encore, rien de bien nouveau sous le soleil. Les stoïciens pratiquaient cette rétrospection cinq siècles avant J.-C. et, pendant les guerres aériennes, le débriefing est tout aussi nécessaire que le briefing.

La confrontation de ce qui s'est vraiment passé avec ce qu'on avait imaginé vaut mieux que cent pages de théorie sur notre manière de traiter le temps.

Le principe du contre-feu s'applique aussi de

façon intéressante pour combattre mes tendances périodiques à l'atermoiement. Je ne crois pas être le seul à qui il arrive, devant une tâche donnée, d'avoir du mal à m'y atteler. Tout est prétexte pour ne pas commencer : aller chercher une tasse de café, lire un article de journal, passer un coup de fil, bref, retarder le plongeon.

Pour combattre notre tendance à l'inaction, une méthode zen consiste à utiliser, justement, l'inaction.

Ne rien faire. Mais vraiment rien. Rester assis les mains sur les genoux, les yeux clos, essayer de faire le vide dans sa tête. Refuser toute pensée, toute image, sauf peut-être celle d'une eau dormante, et laisser descendre en soi ces ondes de calme en respirant profondément et paisiblement.

Tenir le coup jusqu'à ce que l'on se sente en état de véritable inaction, mentale et physique. Rouvrir alors doucement les yeux... et entreprendre immédiatement cette tâche devant laquelle on renâclait.

Il y a bien d'autres recettes, une multitude de trucs pour organiser son temps. De nombreux ouvrages ont été écrits à ce propos dans les pays anglo-saxons, pour rationaliser la vie de bureau. Ils sont utiles, mais aucun ne remet en cause ces quelques principes « philosophiques ».

UN BILAN PERSONNEL

Puisque j'ai adopté, dans ce chapitre, un mode personnel, je vous dois, pour le conclure, un bilan honnête de ce que l'application de ces principes et l'utilisation de ces instruments ont changé pour moi :

• *Je travaille à peine moins.* Sans imiter tout à fait mon ami Jean Boissonnat, qui explique : « Les 35 heures, je trouve que c'est une tellement bonne idée que je les fais deux fois par semaine... », je commence tôt et termine tard. Mais je puis dire que c'est par choix délibéré, parce que j'aime ce que je fais et que c'est une de mes manières de me faire plaisir. J'aurais pu dégager plus de loisir, c'est délibérément que je ne l'ai pas fait.

• *Je me concentre sur l'essentiel.* Et c'est, à mes yeux, la grande différence. Conscient à tout moment du meilleur emploi possible de mon temps, je n'ai plus jamais le sentiment de le gâcher. Je trouve le temps de faire ce qui est important pour moi et de renoncer lucidement à ce qui l'est moins.

• *Je ne suis pas stressé.* Quand est paru, dans *Times magazine*, un test sur les prédispositions au stress, je l'ai fait par curiosité. La vulnérabilité commençait à 30 points et devenait sérieuse à 50. Mon score est de 6. Ce qui m'a confirmé qu'on pouvait être actif sans déraper dans le frénétique.

• *Je profite de ma vie.* Même si, de mon fait, je n'ai pas beaucoup de « temps libre », je savoure chacune de mes heures de vie privée. J'ai appris à y penser à l'avance avec plaisir (même pour le petit déjeuner quotidien) et à les vivre avec l'esprit dégagé des « problèmes », puisque je sais pouvoir les traiter dans le cadre des heures prévues à cet effet.

• *J'ai besoin de faire des progrès.* Je ne suis pas un maître du temps, seulement un apprenti. Maintenant que j'ai goûté aux avantages d'un temps plus fluide, je mesure tout le chemin qui me reste à parcourir. J'essaie donc, par des lectures et des exercices, de gagner en qualité de concentration et de réflexion, la clé de tout progrès.

C'est passionnant.

UNE HISTOIRE DE CAILLOUX

Une petite parabole pour finir : la démonstration d'un expert américain en gestion de temps. Devant ses étudiants, il prend un seau et le remplit d'une douzaine de gros cailloux qu'il pose un par un. « Le seau est-il plein ? » leur demande-t-il. « Oui », dit la classe.

« Vraiment ? » Il sort un sac de petits graviers et le vide dans le seau, où ils trouvent leur place. « Et maintenant, il est plein ? » « Peut-être pas », répondent les étudiants, devenus prudents.

Le professeur prend alors un récipient plein de sable, secoue le seau pour que les pierres de différentes tailles se tassent et verse le sable dans le seau. « Ça y est, c'est plein ? » « Non ! » crie la salle, par zèle.

L'expert s'empare donc d'une grande bouteille d'eau, qu'il vide intégralement dans le même seau, jusqu'à ce que le liquide affleure à ras bord. Il se tourne vers sa classe. « Quel est l'objet de cette démonstration ? » lance-t-il. Un étudiant lève bravement le doigt : « C'est pour montrer que même si l'on croit avoir un emploi du temps bourré, on peut toujours y faire tenir quelque chose en plus.

— Non, réplique le prof, ce que je voulais

seulement vous rappeler, c'est que si vous ne placez pas vos gros cailloux en premier, vous n'arriverez jamais, ensuite, à les faire rentrer. »

Quels sont les « gros cailloux » de votre vie ? Ceux que vous aimez ? Votre carrière ? Votre développement personnel ? Créer une œuvre ? Prendre plus de plaisir à l'existence ? Savoir ce que vous faites sur cette planète ?

Quels qu'ils soient, c'est à vous de vous assurer qu'ils trouvent leur place prioritaire dans votre temps. Maintenant, vous en savez un peu plus sur comment y parvenir.

A vous de jouer ! Bonne chance !

8

LE TEMPS DU NOUVEAU SIÈCLE

CHANGEMENT DE TEMPS ?

Attirance pour les chiffres ronds, excitation de changer non seulement de siècle, mais de millénaire, que n'a-t-on pas lu et entendu comme fadaises à propos de ce passage de la ligne du calendrier ?

Nous y voici enfin. Qu'y a-t-il de changé ? Rien, bien sûr, dans la nature du temps, tout aussi immuable que depuis le début de l'univers. Rien non plus dans nos attitudes face au passage et à l'usage du temps, qui restent individuelles et fonction de nos tempéraments ou parcours personnels. Vous savez maintenant que, pour les faire évoluer, il faut surtout des efforts et... du temps.

En revanche, le début du millénaire coïncide avec la diffusion de nouveautés scientifiques et technologiques d'un impact majeur sur le déroulement de notre vie et de notre temps. Pour comprendre ce qu'elles ajoutent à ce que nous vivions déjà au siècle dernier, examinons-les à la lumière de tout ce qui précède dans ce livre.

Les nouveautés les plus décisives ne viennent pas des ordinateurs, mais de la biologie et de la sphère politico-économique. C'est l'allongement de la durée de notre vie, combinée avec l'augmentation du temps non travaillé. D'où un nouveau découpage de notre parcours sur terre, riche de nouvelles questions à nous poser.

Le reste découle de la combinaison, de plus en plus sophistiquée, de puces électroniques puissantes et de réseaux de communication de plus en plus performants. N'appelons plus cela de l'informatique, même si l'ordinateur est devenu notre partenaire permanent. Il y aura, simplement, des puces partout, dans tous nos objets courants, et l'acte de se connecter au réseau Internet sera aussi fréquent que l'usage du kleenex.

On constate et pressent déjà quelques tendances fortes :

- *urgence et tensions accrues,*
- *immédiateté et improvisation,*
- *ubiquité et nomadisme,*
- *addiction à l'écran,*
- *réseaux de tribus,*
- *clivages selon les techno-compétences.*

Les technologies, au début, ne nous font pas gagner de temps, peut-être même en consomment-elles davantage. Mais leur intégration, par chacun, est devenue impérative. Comment s'y mettre sans accroître le stress ?

LA VIE SERA LONGUE

Mon ami Charles a eu cinquante-sept ans au début du nouveau siècle. Profitant d'une circonstance imprévue dans sa vie professionnelle, il vient d'entrer en préretraite et s'en réjouit. Comme il est en bonne santé, les statistiques lui accordent une trentaine d'années à vivre. Plus de la moitié de ce qu'il a déjà traversé. Ses enfants sont élevés, ses petits-enfants n'habitent pas chez lui, sa femme, de cinquante ans, peut encore travailler pendant plus de dix ans. Il va falloir qu'il s'invente sa nouvelle vie et il m'a avoué qu'il n'y avait pas tellement réfléchi.

En cent ans, notre espérance de vie a doublé et elle continue d'augmenter de deux mois par an. Sans devenir tous centenaires, nous pouvons rester alertes, très en avant dans notre troisième âge. On parle désormais de l'effet — 10 (les gens de cinquante ans ont l'air d'en avoir quarante, ceux de soixante-dix d'en avoir soixante) en attendant l'effet — 15.

Sans même parler des bouleversements économiques à prévoir, dont l'inévitable allongement de l'âge de la retraite, ce sont tous nos clichés sur la vieillesse qui volent en éclats.

Aux Etats-Unis, 80 % des fameux baby-boomers, au-delà de la cinquantaine, déclarent qu'ils veulent continuer à travailler après soixante ans, alors qu'aujourd'hui, seuls 12 % des sexagénaires le font effectivement. Et chez ces quinquagénaires, un quart déclare vouloir le faire pour maintenir ses revenus, mais un tiers tient à continuer à travailler « par plaisir ». Comme il n'y aura pas d'emplois à offrir à tous, il va falloir qu'ils se créent, eux-mêmes, leur activité. A l'instar de mon ami Charles, ils n'y ont probablement pas encore pensé.

Comme les Hollandais ont gagné sur la mer de nouveaux territoires, nous avons repris au temps un nouvel âge de notre vie, dont nous n'avons pas encore bien assimilé les opportunités et les nécessités. Vivre plus longtemps et rester plus jeune, n'est-ce pas l'accomplissement d'un rêve humain ancestral ? Pourtant, nous n'y sommes pas préparés.

Supporterons-nous de passer, sans transition, aux deux tiers de notre vie, d'une suractivité stressante à un temps flasque, comme une voile par temps plat ?

L'erreur à ne pas commettre, c'est de croire qu'on puisse s'en préoccuper « le moment venu ». Changer à ce point de vitesse, sans préparation, comporte des risques de déprime et de maladie. D'où la nécessité de renforcer, dès notre « bel âge », nos temps personnels. Car c'est sur eux qu'il faudra construire notre vie, pendant ces dizaines d'années reprises au temps.

URGENCES ET TENSIONS

Dans une grande société de software européenne, certains cadres rangent leur courrier du jour en « top urgent », « urgent » et « moyennement urgent ». « Important » n'est même pas retenu comme catégorie. Il semble que notre tendance à privilégier l'urgence soit en train de s'affoler pour trois raisons :

• La *mondialisation* et le *chômage,* qui créent tous les deux une pression concurrentielle accrue. Il ne faut pas se laisser rattraper ni par ceux qui vendent les mêmes produits que nous, ni par ceux qui pourraient prendre notre job. Pas question de nous relâcher, encore moins de nous détendre. Le business le plus en pointe, celui de l'Internet, devient une référence. Or on y compte en « années de chien » : tout y va tellement vite que, comme dans les vies de nos quadrupèdes favoris, une année compte pour sept. Comment, dans cette atmosphère, ne faudrait-il pas cravacher ?

• Les *technologies de communication,* qui facilitent et accélèrent les échanges de messages.

Selon un sondage sur les employés des plus grandes sociétés du monde, chacun reçoit, en moyenne, 178 messages ou documents par jour. Le stress de choisir, traiter, classer, répondre s'intensifie en proportion de cette surinformation.

En même temps, le téléphone portable et, surtout, l'e-mail ont transformé les communications en ping-pong. L'instantanéité de l'envoi des messages crée l'impression que la réponse ne peut pas attendre. D'ailleurs, les clients deviennent plus exigeants sur les délais de réponse. Un mail qui n'a pas reçu de réponse au bout de 24 heures paraît hors délais. L'urgence est devenue la norme.

• Les *35 heures* et toutes les diminutions des horaires de travail. La demande d'une productivité accrue montait déjà, depuis quinze ans. En 1984, 20 % des salariés, en France, avaient des objectifs chiffrés à réaliser chaque jour. A la fin du siècle, cette proportion est passée à 50 %. Là-dessus, les réductions d'horaires prévues par les 35 heures se traduisent un peu partout par une pression sur les employés en place, avant toute embauche supplémentaire. Il leur faut donc travailler plus vite. Paradoxalement, le débat sur le stress au travail est relancé. Effet pervers d'une loi qui voulait créer plus de loisirs dans la vie des salariés.

Quels que soient les progrès techniques et ce, depuis un bon siècle, on voit bien que le véritable enjeu, pour chacun, reste l'usage le plus efficace du temps. La rapidité fait partie de notre époque. A nous d'y répondre sans qu'elle devienne urgence et donc stress. Les technologies les plus étonnantes ne font qu'une partie du chemin, l'essentiel découle de l'attitude de ceux qui s'en servent.

LE PORTABLE À LA CEINTURE

Le portable devient l'arme de poing du citoyen actuel. Un phénomène qui dépasse, en rapidité, toutes les grandes périodes d'équipement antérieures : téléphone à fil, télévision, magnétoscope, ordinateur. Bientôt, la moitié de la population portera sur elle sa baguette magique de la communication.

Une telle frénésie d'équipement ne peut s'expliquer que parce que l'objet répond aux tendances profondes de ceux qui le convoitent : désirs entrecroisés de liberté accrue et de relations plus proches ; sécurité de n'être jamais isolé, de faire partie d'un réseau, où que l'on aille.

Le rapport au temps n'en sort pas indemne. On prévoit de moins en moins, surtout les plus jeunes, pour qui le portable est devenu une prothèse, un prolongement de soi. Pourquoi prendre la peine de noter le numéro de code de ceux chez qui l'on va dîner ? Un coup de fil devant leur porte fera l'affaire. Les sorties s'improvisent de plus en plus. Les protagonistes savent qu'ils peuvent se joindre immédiatement et décider de commander la pizza, au moment où tout le monde arrive.

On supporte de moins en moins d'attendre. Dès qu'un participant à une réunion est en retard, on demande son numéro de portable pour le joindre. Tout délai, dans un embouteillage ou un salon d'attente, est immédiatement utilisé pour appeler quelqu'un. Insensiblement, le contact prend la priorité sur la réflexion.

L'immédiateté et l'improvisation se développent au détriment de la prévision et de l'organisation. Dans les jeux vidéo, c'est celui qui tire le plus vite qui score. Le temps de réfléchir, on a déjà perdu. Quand on peut, d'un simple clic, envoyer un ordre de Bourse, une commande ou effectuer un achat à l'autre bout de la planète, l'illusion d'omnipotence n'est pas loin.

Le modèle du tireur le plus rapide de l'Ouest l'emporte sur celui du maître des échecs.

Evidemment, cette frénésie ne change rien à l'absolue nécessité de penser sa vie et son action en stratège. Elle renforce même l'avantage dont disposent, sur les autres, ceux qui prennent le temps de réfléchir. Il leur faut seulement un surcroît de force d'âme pour ne pas se laisser entraîner dans la cavalcade.

Ils ont d'ailleurs appris à retourner à leur profit les nouveaux instruments. Les répondeurs et messageries leur permettent de choisir leur moment pour répondre, de même que les messages écrits de toutes sortes. La communication différée devient une arme subtile, quand on peut même choisir, en regardant sur l'écran de son téléphone le numéro de celui qui vous appelle, de lui répondre ou non. Une fois encore, les technologies n'ont rien en elles de négatif, si l'on prend la peine de réfléchir à leur meilleur mode d'usage.

UBIQUITÉ ET NOMADISME

Là où je vais, j'emporte mon Mac portable ainsi que mon GSM. Les deux font équipe pour me restituer partout mon courrier électronique et même mes fax. Ma femme, elle, trouve son ordinateur trop lourd et préfère mettre dans son sac une grosse disquette de forte contenance. Tous ses travaux en cours et ses logiciels favoris y tiennent. En revenant à Paris, ou en arrivant à la campagne, elle glisse cette mémoire portative dans l'ordinateur qui l'y attend et peut reprendre ses travaux là où ils en étaient. Chacun à notre manière, nous ne sommes plus jamais coupés de notre travail. Faut-il nous en féliciter ?

Ce n'est plus seulement le télétravail qui est devenu possible, mais le travail portatif. Attali nous avait annoncé ces comportements nomades. On imaginait des globe-trotters tantôt à Caracas, tantôt à Stockholm. Plus prosaïquement, nous sommes nomades entre bureau et domicile. C'est pratique, mais aussi aliénant.

J'ai attiré votre attention sur le fait que le temps professionnel et le temps personnel étaient de même nature. Les technologies actuelles nous offrent désormais la concrétisation de cette unité. Le risque en est gravement accru que le professionnel finisse par dévorer l'intime. Mais, réciproquement, mes communications écrites ou orales les plus personnelles me suivent, de la même manière, au travail.

Et ce n'est rien à côté de ce que l'on nous promet pour très bientôt. Les téléphones portables à 1 000 numéros enregistrés vont remplacer le carnet d'adresses et capteront e-mails et Internet. Nos dossiers et nos archives résideront dans un serveur interrogeable du monde entier. Nous pourrons donc y avoir accès de n'importe quelle machine, comme on appelle un correspondant de partout.

De même que nous ne sommes plus coupés de ceux qui nous importent, nous resterons en contact avec tous nos documents de travail, y compris en plein désert, si la folie nous en prend, grâce aux téléphones satellitaires. Cette fois, la toile dont nous sommes l'araignée et la mouche se referme complètement sur nous. J'entends déjà les exclamations : « Quelle horreur ! Surtout pas ça ! » Voire ! Pour le vivre désormais comme une évidence, je ne compte pas les instants où je me suis réjoui d'avoir, par la vertu de ces dispositifs, pu rester un jour ou une semaine de plus au vert, tout en pouvant avancer mes travaux indispensables. Je peux partir plus tôt en week-end, sachant qu'en cas de besoin j'y recevrai ce qu'autrement j'aurais été obligé d'attendre à Paris.

On en revient toujours à notre emploi du temps.

Si nous laissons les machines nous dicter leur fonctionnement, pauvres de nous ! Mais si nous en utilisons à fond les possibilités, dans le cadre de notre hygiène du temps, quelle aubaine !

SCOTCHÉS À UN ÉCRAN

Mon nouveau Mac portable est équipé d'un lecteur de DVD, ces disques de la taille d'un CD qui contiennent tout un film, avec une qualité impeccable de retransmission. Il m'arrive donc de commencer ma journée en relevant mes messages électroniques et de la finir, sur la même machine, en visionnant un Woody Allen. Entre-temps, j'ai écrit, transmis, cherché de l'information, retrouvé des archives, imprimé des recettes de cuisine, consulté la météo et retenu mes billets pour le week-end, avec cet ordinateur de la taille et du poids d'un livre d'art.

Non, je ne suis pas un accro de l'informatique. Il y a cinq ans, je ne m'en étais même jamais servi. Mais, une fois qu'on s'y met, on s'y engouffre. Tout ou presque passe par l'écran, qui devient notre prolongement naturel. Ce n'est pas encore le cas pour tout le monde, même dans nos pays avancés, mais ça va venir très vite, pour une raison simple : la fusion des rôles entre l'écran de l'ordinateur et celui de la télévision.

Si l'on peut déjà voir films et émissions sur un Mac ou un PC, on va, de plus en plus, recevoir ses e-mails, surfer sur Internet et faire ses achats à partir du téléviseur du salon. Parce que, presque à notre insu, depuis dix ans, informatique et télévision se sont mises à parler la même langue : le numérique.

Désormais, toutes les informations — écriture, paroles, images — empruntent le code de l'informatique qui traduit tout en 1 et en 0. On peut tout transposer, tout retransmettre, entre tous les écrans de notre vie, et c'est simple. On s'affligeait déjà, il y a trente ans, de se voir scotchés à un écran trois heures par jour. Mais c'était surtout le soir, pour se divertir. Maintenant, ce sera toute la journée, pour la majorité de nos activités éveillées. Est-ce un cauchemar de science-fiction ? De la science-fiction, sûrement pas ; c'est en train de devenir banal. Un cauchemar ? On ne pourra répondre non que si nous savons ne pas en être complètement dépendants.

Les avantages de gain de temps sont évidents. Beaucoup de ce qui demandait des délais peut se faire immédiatement.

Beaucoup de ce qui obligeait à se déplacer — y compris, pour certains, aller à son travail — peut se faire de chez soi.

Et si l'on y ajoute ce qu'on ne pouvait pas faire du tout et qui devient enfantin, comme acheter un livre aux Etats-Unis, l'extension de nos capacités devient inouïe. Les dangers sont tout aussi évidents : difficultés psychologiques pour sortir de la bulle virtuelle et retrouver le réel ; confinement dans un tête-à-tête homme/machine ; appauvrissement des relations directes ; de moins en moins de raisons de sortir de chez soi. Est-il besoin de répéter que, comme face à toutes les dérives contemporaines, des contre-stratégies personnelles sont indispensables et possibles, pour préserver notre vitalité et notre vie intérieure ?

LE TEMPS S'ENVOLE SUR INTERNET

Internet nous ouvre sur le monde de demain, soit ! Mais nous fait-il gagner du temps, ou en perdre ? Les 10 % de Français qui y ont accès — ils seront vite suivis par d'autres — se posent en ce moment la question.

Première hémorragie de temps : l'accès. Il passe, pour la grande majorité entre nous, par les lignes téléphoniques classiques. Autant essayer de manger sa purée avec une paille. Entre le moment où l'on clique pour appeler un nouveau site et celui où il s'affiche à l'écran, il s'écoule de précieuses minutes, du fait que les sites utilisent de riches illustrations couleur « lourdes », en termes informatiques, à « importer ». Or, pour faire un usage intelligent d'Internet, il faut passer d'une piste à l'autre, souvent avant de trouver la bonne. C'est ça surfer !

Les solutions viendront avec des réseaux spéciaux que les fournisseurs de réseaux vont mettre en place. Ça marche déjà bien dans les entreprises qui font l'effort nécessaire. Mais, pour surfer chez soi dans des conditions acceptables, il faudra attendre deux ou trois ans.

La seconde fuite de temps tient à la nature foisonnante de cette « toile ». Il y a des millions de sites et des milliers s'ouvrent tous les jours. Il est plus que probable que celui dont vous avez besoin existe. Mais, à moins d'y être déjà allé, comment le trouver ? De puissants mais encore complexes systèmes de recherche se perfectionnent constamment. Mais on trouve rarement du premier coup, dans cette immense forêt. Il faut pour cela de la dextérité et de la pratique, faute de quoi on ne fait que gratter la surface de ce terrain si fertile.

Enfin, dans le sillage du problème précédent, rares sont ceux qui évitent l'addiction au Web. Chaque site que l'on fréquente propose des « liens » avec d'autres. Il suffit de cliquer sur leur adresse soulignée pour les afficher. Et là, on croise d'autres liens, d'autres propositions de nouvelles pistes ou de chemins de traverse. *Comme c'est magique et que découvrir ces lieux inconnus et imprévus est ludique, on peut ainsi passer des heures à gambader électroniquement.*

On sent bien que, là encore, il nous faudra acquérir une maîtrise qui, pour le moment, ne s'enseigne que par le bouche à oreille.

Tous ces défauts de jeunesse du système en découragent plus d'un : « Je n'ai pas le temps d'aller sur Internet. » Mais tout va progresser très vite, de la capacité des « tuyaux » jusqu'à la souplesse et la précision des recherches, sans compter notre propre entraînement. En résumé, ne nous décourageons pas trop vite, car l'instrument en vaut la peine. Mais nous ne ferons pas l'économie de sa courbe d'apprentissage.

LA GUERRE DU TEMPS

L'humanité primitive a commencé avec la guerre du feu. D'autres ont suivi : celles des femmes, de l'or, des terres, des provinces, puis des continents. Sans oublier celles, encore actuelles, du pétrole et de l'eau. Dans nos pays pacifiés, les luttes sociales du siècle dernier portaient encore, en priorité, sur l'argent et sa plus juste répartition. Il n'y a pas eu de grandes grèves du temps, mais, quelquefois, les gouvernants trouvaient moins coûteux d'accorder des réductions d'heures ou de jours de travail, que des augmentations de salaires. *Au début du XXIe siècle, l'assagissement de l'inflation rend moins pressantes les revendications salariales, on veut plus de temps libre.*

D'où le débat national sur les 35 heures. Les négociations, à ce sujet, dans les entreprises ont fait surgir le nouveau terrain de la bataille sociale : pour ou contre l'assouplissement des horaires.

Les patrons, pour être plus compétitifs et tirer parti de leurs équipements, veulent échanger la réduction des horaires contre l'élargissement des plages de travail, dans la journée ou dans la semaine. Les salariés ne veulent pas renoncer à leurs rituels de repos, de temps familial. On lutte donc, partout en Europe, pour ou contre le travail le week-end, et particulièrement le dimanche. On revient sur l'interdiction du travail de nuit pour les femmes. On devra ouvrir plus tôt les marchés boursiers, pour qu'ils soient en phase avec ceux du reste du monde.

Maintenant que le télétravail permet de produire de la matière grise — principal gisement de production aujourd'hui — n'importe où, les horaires fixes paraissent absurdes aux responsables. Tandis que pour les employés, moins bien payés, la sauvegarde de leur vie familiale devient leur cheval de bataille. Pourtant, ces mêmes salariés, quand ils se reposent le week-end, préfèrent pouvoir faire leurs courses à leur guise et trouver ouverts les services dont ils ont besoin.

Un intéressant rapport de l'Insee, publié dans les dernières semaines du XXe siècle, met bien en lumière le fait que l'on choisit de plus en plus son temps. Plus les cadres sont libres de gérer leur temps, plus ils travaillent longtemps : 49 heures par semaine. Pour ceux dont le temps de travail est fixé par l'entreprise, c'est cinq heures de moins. Et les cadres sont les salariés qui rapportent le plus de travail à la maison.

La guerre du temps opposera, désormais, les partisans du plus de temps libre à ceux du 7 jours sur 7, 24 heures sur 24. D'où l'importance croissante de tous les systèmes automatisés, comme les distributeurs de billets de banque, qui offrent leur service sans participation humaine. Mais une machine à boissons, même chaudes, n'a jamais remplacé l'atmosphère d'un bistrot.

LES JEUNES DONNENT LE TON

Socialement, la guerre du temps va recréer les clivages traditionnels entre les élites éduquées et équipées, et les autres. L'usage des ordinateurs et autres outils numériques, aux sophistications infinies, demande une véritable culture. Deux catégories risquent d'en rester éloignées : les plus de cinquante ans, ceux qui ne savent pas taper au clavier et, du fait d'Internet, ceux qui ne comprennent pas l'anglais. Sans oublier, évidemment, ceux qui n'ont pas les moyens de s'offrir les machines dernier cri. De tout temps, les privilégiés ont été ceux qui pouvaient disposer de leur temps. C'est de plus en plus vrai aujourd'hui.

Plus les technologies envahissent notre façon de travailler et de nous divertir, plus la pyramide sociale des âges s'inverse. Dans les sociétés anciennes ou primitives, où les techniques n'évoluaient pas, les plus expérimentés avaient le beau rôle et tenaient les leviers de commande. Désormais, la dextérité d'un adolescent qui sait bricoler tout seul son site personnel sur Internet, ou créer une présentation illustrée en « important » des images de partout dans le monde, donne des complexes aux plus diplômés des professeurs. Même si démographiquement nos sociétés matures vieillissent, aujourd'hui, du fait de l'accélération technologique, ce sont les jeunes qui donnent le ton.

L'avènement d'Internet ajoute une dimension culturelle nouvelle. Pour surfer, point n'est besoin de s'y connaître en machines. Le maniement est simple et le sera de plus en plus. Ce qui est complexe, en revanche, c'est qu'il s'agit d'un nouveau langage, d'une nouvelle manière de chercher et d'utiliser de la connaissance. Trouver sur Internet n'est que partiellement une démarche rationnelle. Il s'y mêle de l'instinct, de l'astuce, de la patience et de la chance. Ceux qui sont nés avec l'auront attrapé sans mal, les autres vont devoir faire un véritable apprentissage qui les renvoie, sans ménagement, à leurs propres capacités d'adaptation.

Comme la durée de notre vie s'allonge, le risque s'accroît de mourir idiot et tard. Beaucoup de sexagénaires l'ont compris, dont le premier acte, en prenant leur retraite, est d'acquérir un ordinateur. Avec un peu de chance, leurs petits-enfants leur apprendront à s'en servir et ce sera un moyen d'établir avec eux des liens imprévus et durables.

S'il est un domaine où le passage au nouveau millénaire devrait jouer à plein son rôle symbolique, c'est celui de persuader tous ceux qui hésitaient encore à s'initier au plus vite à la cybercommunication. Ils éviteront ainsi de se sentir vieillir plus vite que leurs artères.

SURVIVRE À LA MODERNITÉ

Même si, en ce début de siècle, la nouveauté et l'excitation nous viennent de la technologie, évitons qu'elle ne nous tourne la tête. Pour mieux faire usage de notre temps et mieux vivre, aucune machine ne peut nous aider plus que le simple bon sens. Pour ne pas perdre plus de temps que le progrès est censé m'en faire gagner et sans refuser du tout ce dernier, j'essaye de m'en tenir à trois principes simples :

• *Sauvegarder un minimum d'unité de fonctionnement.*

J'en connais plus d'un qui utilisent chez eux un ordinateur Mac et au bureau un PC, qui sont incompatibles entre eux. Pour peu qu'ils possèdent en plus un organisateur électronique de poche, qui remplit partiellement les mêmes fonctions que les deux autres, ils sont toujours en train de se demander où ils vont retrouver le dernier document sur lequel ils ont travaillé.

Nous n'utilisons, de toute manière, qu'une fraction des capacités de ces merveilleuses machines. Achetons les plus simples et essayons de n'en pratiquer qu'une à la fois.

• *Attendre que la technologie progresse.*

Les fabricants de machines électroniques changent constamment leurs produits. A peine avez-vous acquis le dernier cri qu'on vous annonce sa « mise à jour », en vous expliquant que vous ne pouvez pas vous en passer. Il faut vous entourer d'avis compétents qui puissent vous aider à distinguer les bonnes nouveautés. Les vraies améliorations viennent de la puissance, de la rapidité, de l'autonomie d'utilisation sur batteries, et surtout de l'amélioration de la vitesse de connexion avec le réseau. Pour les logiciels plus sophistiqués, mieux vaut attendre que plusieurs utilisateurs vous aient juré qu'il leur est devenu indispensable. Si un des fonctionnements de ces appareils vous paraît trop compliqué, attendez avec confiance. Il est probable que le constructeur ou l'éditeur de logiciels sortira vite une version plus conviviale. Demain sera encore plus simple.

Savoir rester manuel.

Si certaines de vos propres procédures marchent à votre satisfaction « à la main », rien ne vous oblige d'en adopter la version électronique.

J'ai, par exemple, testé l'un de ces organisateurs électroniques de poche ultraplats, qui permettent à la fois de stocker des adresses et de noter les rendez-vous. J'ai trouvé, à l'usage, que pour les adresses c'était un immense progrès par rapport au carnet, mais que pour noter et visualiser mon emploi du temps, mon agenda et un crayon étaient plus simples, plus rapides et plus pratiques à consulter. J'ai donc décidé d'attendre que la petite merveille soit devenue plus pratique.

Un principe simple : si vous n'êtes pas, déjà, organisé, ces machines ne feront qu'ajouter à votre confusion. En revanche, si vous savez à peu près maîtriser votre temps, vous serez ravi de les utiliser. Amusez-vous bien !

que la petite merveille soit devenue plus pratique ?

Un principe simple [illegible] vous [illegible], [illegible] organisé, ces machines ne [illegible] qu'ajouter à votre admiration. En revanche, si vous savez un peu plus maîtriser votre outil, vous serez ravi de les utiliser, [illegible] bien !

[illegible]

[illegible]

CONCLUSION

L'ART DU TEMPS

L'ART DU TEMPS

Les Grecs firent les premiers la théorie de l'art. Ils cherchaient les raisons et les règles de ces rares créations humaines, au contact desquelles notre cohérence intérieure progresse. Ils en conclurent que cinq éléments devaient être présents dans l'œuvre : ordre, équilibre, contraste, unité et harmonie.

Leur importance n'a guère été affectée par l'avènement de la civilisation technicienne. Sont-ils en effet autre chose que l'expression de nos propres aspirations, de nos sources de satisfaction ? Ils s'appliquent donc aussi bien à notre style de vie qu'aux frises du Parthénon.

Si l'expression « l'art du temps » n'est pas une formule gratuite, c'est qu'on peut projeter sur le temps ces cinq attributs et faire que le résultat soit bien notre œuvre :

• *Ordre,* parce que nous avons besoin de savoir où passe notre temps. Nous avons du mal à l'appréhender globalement, mais nous pouvons le répartir et l'organiser, grâce à notre réflexion. Une fois que les structures, choisies par nous pour notre temps, apparaissent et durent, la confusion régresse.

• *Equilibre,* quand nous découvrons qu'engouffrer notre temps dans une activité dominante (si gratifiante soit-elle) provoque atrophies et ruptures ailleurs. Rare, le temps est inévitablement rationné entre les pôles de notre vie, et c'est nous qui décidons de sa répartition. Tant qu'elle restera malhabile, nous serons les premiers à en subir les inconvénients.

• *Contraste,* en nous acceptant comme nous sommes, c'est-à-dire peu enclins à supporter longtemps une même occupation. Apprendre, donc, à faire alterner l'intellectuel et le physique, la concentration et le divertissement, la solitude et la convivialité, l'action et le recul. Ce mouvement incessant constitue une danse de vie. La danse n'est-elle pas l'un des arts les plus vivants ?

• *Unité,* car ordre n'est pas cloisonnement, mais dégagement de perspectives qui permettent de saisir l'ensemble. Segmenter notre temps serait perdre ce que la vie nous offre de synthèses imprévues, de résonances fécondes. Le temps moderne se présente à nous tout éparpillé. Nous seuls, par notre travail intérieur, pouvons lui rendre de l'unité.

• *Harmonie,* en grec, voulait dire « ensemble ». C'est, bien sûr, le résultat des quatre qualités précédentes. Il ne se définit pas, il s'éprouve. Le matin : « La journée se présente-t-elle bien ? » Le soir : « Ai-je bien utilisé mon temps ? » L'harmonie, c'est à la fois la preuve de la maîtrise et sa récompense.

L'art du temps apparaît donc comme la première étape vers un art de vivre qui permet, en plus de ce qui vient d'être évoqué, l'accomplissement de nos projets. Dès que l'on parvient à une maîtrise moyenne de son temps, les chances de réalisation de ces derniers progressent d'un bond.

La discipline pour y accéder paraît contraignante au début. Il n'y a pas lieu de s'en inquiéter : ce n'est qu'un passage, et cela en vaut tellement la peine ! Un temps plus harmonieux, plus efficace, n'est-ce pas le plus précieux et le plus beau des cadeaux que l'on puisse se faire à soi-même ?

Pour reprendre une dernière fois la comparaison avec la diététique, au début, tout régime paraît pénible. Chaque repas est vécu comme une épreuve de volonté. Un jour vient pourtant où l'on cesse d'être tenté par les mets interdits. Ce n'est plus un régime, mais de nouvelles habitudes alimentaires.

Les conseils de ce livre ont apparemment pour objectif de nous permettre de mieux utiliser nos jours et nos semaines. Mais leur vrai but est de nous aider à intérioriser les règles, le flux, la valeur de notre temps.

Quand nous l'avons fait, nous réagissons devant tout élément de vie en sentant comment il va s'insérer dans notre temps, peser sur lui. A ce moment-là, nous n'avons plus besoin de la méthode. Elle nous a permis d'accéder à un nouveau niveau de conscience. Nous pouvons donc l'abandonner sur le côté du chemin comme un véhicule qui nous a amenés à bon port.

C'est à notre propre rythme que nous poursuivrons le progrès vers la maîtrise. Car cette exigence-là ne s'arrête jamais.

Tant qu'il nous reste du temps à vivre.

Samsara
31 octobre 1999

Table

Du même auteur :

LE POUVOIR D'INFORMER
1972, Robert Laffont

L'ENTREPRISE À VISAGE HUMAIN
1973, Robert Laffont

A MI-VIE
1977, Stock

QUESTIONNAIRE POUR DEMAIN
1977, Ramsay

L'ART DU TEMPS
1984, Fayard

LE MÉTIER DE PATRON
avec Perla Servan-Schreiber
1990, Fayard

LE RETOUR DU COURAGE
1992, Albin Michel

Composition réalisée par JOUVE

Imprimé en France sur Presse Offset par

BRODARD & TAUPIN

GROUPE CPI

La Flèche (Sarthe).
N° d'imprimeur : 10946 – Dépôt légal Édit. 17797-02/2002
LIBRAIRIE GÉNÉRALE FRANÇAISE - 43, quai de Grenelle - 75015 Paris.
ISBN : 2 - 253 - 15232 -3

31/5232/9